[ 改訂新版 ]

「話す力」を伸ばせる会話教材

# 会話の日本語 II

佐々木瑞枝
Mizue Sasaki

門倉正美
Masami Kadokura

*Japanese through Dialogues for Intermediate Leaners*

大新書局　印行

# はしがき　–学習者のみなさんへ–

みなさんは初級の授業で文型練習をたくさんしたのではありませんか。
でも、実際にそれらを日本人との会話で使えますか。

　たとえば、「～ている」にはどんな使い方があり、どんな会話の場面で使われるのでしょう。
　このテキストでは「～ている」の用法を５つのパターンに分け、それぞれを自然な会話例で示してCDに収めています。テキストで使い方と使う場面を自分でも整理してみたうえで、CDを聞いて、自然なアクセントやイントネーションを身につけましょう。きっと驚くほど，会話力がつくはずです。
　このテキストにはそれ以外にも、初級で習ったさまざまな文型について、たくさんの会話例を通じてもう一度整理しています。その際、自然な会話を覚えるためのさまざまな工夫をしています。たとえば、女性的な感じを与える表現には（F）、男性的な感じを与える表現には（M）と、その区別を示しておきました。友達や親密な人同士の間で使われるカジュアルな表現も紹介しています。それから、いろいろな意味を持つ副詞、擬音語・擬態語、形式名詞、間投詞というトピックも、詳しく取り上げました。ほかのテキストではあまり見られないものですが、こうした表現をしっかり身につけることによって、とても自然な話し方になっていくはずです。

　この『改訂新版　会話のにほんご』は『会話のにほんご』（1996年）、『会話のにほんご＜ドリル＆タスク＞』（1997年）を改訂し、「この課で学ぶこと」などを加えて新しく一冊にまとめたものです。
　例文やドリルを大幅に修正することで、さらに楽しいクラス活動が可能になったと思います。改訂版作成にあたっては、薄井広美さん、浅野陽子さんにも、加わっていただきました。またジャパンタイムズ出版編集部の関戸千明さん、岡本江奈さんには、優秀な編集者として助力してくださったことにお礼申し上げます。
　このテキストが自然なコミュニケーション場面で、学習者のみなさんに役立つことが著者一同の願いです。

2007年11月

佐々木瑞枝
門倉　正美

# 会話のにほんご II ·········································

**登場人物**

●木村さんの家族

| | | | |
|---|---|---|---|
| 木村和夫 (52) | 木村恵子 (45) | 木村健一 (22) | 木村真由美 (20) |
| サラリーマン | 主婦 | 大学 4 年生 | 大学 2 年生 |

# 本書の使い方　－先生方へ－ ••••••••••••••••••••••••••••

## 本書のねらい

　『改訂新版　会話のにほんご』は、学習者がすでに習得している文型や文法事項を実際のコミュニケーションの場で使えるように練習することを目的としています。「ＮはＮです」からではなく、いきなり「ている」から始めているのも、すでに文型としては触れたことのある項目を、コミュニケーションという点で学習者にとらえ直してもらうことを主眼としているためです。

　学習者の多くにとっては、初級の文型や文法事項を一応習得したとしても、それを応用して「自然な会話」ができるようになるのはなかなか難しいものです。本書では、実践的な文例や会話を豊富に示しましたので、クラスではそれらの文脈をさらにひろげていくことによって、学習者の既習事項が活性化されることを期待しています。

　また、通常のテキストではあまり取り上げられなかった文法項目、たとえば、多義的な副詞、擬音語・擬態語、形式名詞、間投詞などについて、身の回りの会話表現に欠かせない要素として、課のテーマとして取り上げるだけでなく、全課を通して例文に盛り込むよう心がけました。特に、呼びかけ、応答、あいづち、フィラー、感情表現といった、会話の潤滑油ともいうべき「間投詞」については、（Ｆ）（Ｍ）で示した「女ことば／男ことば」や「フォーマル／カジュアル」の区別とともに、随時、練習していただきたい事項です。

　このように本書は、「文法・文型学習」を優先する従来のテキストでは軽視されてきた、バリエーションに富んだ話題・場面・人間関係を含んだ例文を数多く取り入れ、自然なコミュニケーションに重点をおく内容となっています。この点で、本書は、特にコミュニケーション活動を重視する地域の日本語教育にとっても役に立つテキストでもあると思っています。

　本書には、会話を収録したＣＤも添付されていますので、テキストとＣＤの音声を十分に活用して、初～中級レベルの日本語会話力を大いに伸ばしてください。

## 各課の構成

### 会話

　各課冒頭の会話は、その課の文型を使って交わされる自然な会話です。教材にありがちな「文型を出すための会話」ではなく、文型はあくまでも会話のやりとりの必要に応じて使われています。
　このテキストでは、会話例のコミュニケーションスタイルも重要です。会話の場面や登場人物同士の関係をよく学習者に把握させて、会話の内容を理解させましょう。内容がひと通り理解できたら、ＣＤを聞かせてください。

●木村さんの会社の人々
かいしゃ　ひとびと

斉藤部長
さいとうぶちょう
（木村さんの上司）
じょうし

岡田
おかだ
（木村さんの同僚）
どうりょう

鈴木
すずき

武井
たけい

山田
やまだ

上田
うえだ

### この課で学ぶこと

その課で取り上げる文型の用法と注意点が個条書きされています。
どんな用法を取り上げているか、課の内容を概観することができます。

### 文例と会話例

　2ページ目からは、用法ごとに各課2～7つのブロックに分け、順番に用例を挙げました。各
用法について、3～5つの単文例と、自然な短い会話例を掲載しています。1つの用法でも、肯
定形や否定形、「です・ます体」とくだけた話し方、男性的な話し方と女性的な話し方など、さ
まざまなタイプの例を挙げています。一つずつ、場面や人物を想像しながら、内容を把握させま
しょう。
　会話例については、すべて CD に収録してあります。音声をよく聞いて、声の調子やイントネー
ションなどをマスターすれば、さらに自然な会話が身につきます。

### ドリル

　文例・会話例のあとに練習問題を設けました。基本的な文法練習から応用的な自由解答の問題
まで、さまざまなタイプのドリルがあります。既習文型の復習をしながら応用的な力も試すこと
ができます。最後の問題は聴解問題になっています。解答と聴解問題のスクリプトは巻末付録に
あります。

### CD

　本書には CD が1枚付いています。15～28課の内容です。各課とも冒頭の会話、用法ごとの
会話例（文例は音声なし）、それにドリルの聴解問題が収録されています。アクセントやイント
ネーションだけでなく、声の調子や間などにも注意してよく聞かせるとよいでしょう。

### 巻末付録

　巻末付録には、「教師用解説：『会話の授業』を担当する方へ」「ドリル解答」および「ドリ
ル聴解問題スクリプト」、「本文中国語訳」を収録しました。教師用解説では、授業で教える際
の注意点や工夫のしかたを課ごとに解説してありますので、ぜひ参考にしてください。


## 授業の流れ

### 1. 冒頭の会話の導入

　課の冒頭の会話は、内容に入る前にまず会話の上のイラストを使いながら場面を説明し、会話
の状況をイメージさせます。

例）1課　「タクシーの中です。」
　　　　　「2人は会社の同僚です。」
　　　　　「さあ、何を心配しているのでしょうね。」

　次に CD を聞かせますが、自然な会話であるため、これまで「文法偏重」の学習をしてきた学習
者には、最初は聞き取れないかもしれません。ですから、いつ聞かせるかは、クラスのレベルに
よって教師が判断するといいでしょう。聴解レベルの高い学習者の場合は、テキストを見ないで
2、3回聞かせます。いきなり聞かせてもわからないと思われるときには、会話の内容がひと通
り理解できてから聞かせるほうが、自然な会話を聞き取る能力は育ちます。聞き取れないところ
は、先生が単語カードなどを見せながらゆっくり言ってあげてください。それから、CD の内容を
学習者に質問して、内容が把握できているかどうか、確認してみてください。

## 2. 文例・会話例の導入と展開

　冒頭の会話の内容が把握できたら、2ページ目からの文例・会話例を用法ごとに進めていきます。
　授業にあたっては、単に文型学習としてテキストを進めていくことがないように注意してください。テキストで取り上げている文型や用例をコミュニケーションの素材として扱い、学習者にできるだけ話す機会を与えて自由に会話を進めさせることが重要です。

例）１課の用法２
　　「鈴木さんはもう着いていますよ」（結果の状態が続いていることを表す「〜ている」）

　⑴　a〜eの文例を教師が一つずつ読み、文の内容を確認して、各文に使われている「〜ている」が「あることが起こり、その結果の状態が続いていることを表している」ことを確認します。例文は「荷物が届いていますよ」「背中のボタンがはずれていますよ」のように日常のコミュニケーションでよく使われる内容です。
　　文を読むときは、場面を上手に作って、演じるつもりで言ってみましょう。たとえば、「ここはトムさんの家です。あ、水槽の熱帯魚が死んでいますよ」のように、場面を伝えてから、驚いた調子で言ってみてください。
　　実際のコミュニケーションとは、決して音声だけではなく、身振りや物腰などのノンバーバルコミュニケーションが大きな役割を果たします。ですから、例文もただ「読んで聞かせる」のではなく、先生自身が楽しみながら演じていただきたいと思います。

　⑵　次にCDで会話例を聞かせて導入します。⑴⑵とも、クラスのレベルに合わせて、リピートさせたり、ペアワークでロールプレイさせたりと、定着の方法を工夫してください。

　⑶　文例と会話例で「〜ている」の用法がつかめたら、その会話を学生にロールプレイさせ、続きを自由に考えさせてみましょう。クラスの人数が多い場合はペア練習をしたり、できた会話をペアで発表させましょう。

ロールプレイの例：
和夫「大変だ、本棚が倒れているよ。」
恵子「すごい地震だったのね。」　（この２行がテキストの会話例）
和夫「後片付けが大変だなあ。」
恵子「テレビをつけましょう。」
和夫「震度５、わあ、大変だ！」
恵子「お母さんにも電話しましょう。」

## 3. ドリルの進め方

### ［ドリルの方法］
　各課にはドリルがあります。基本的な問題から、さまざまなバリエーションの応用練習まで用意しました。基本的な問題で単なる文法練習に見えても、実際は会話に応用できるよう工夫されています。あくまでも場面に合った会話や自然なコミュニケーションのためのドリルとして活用してください。
　たとえば１課のドリルでは、下のような穴埋めドリルで「もう」の使い方を練習します。

例）１課・練習２
　　「映画は11時からですから、もう＿＿＿＿います。」
　　「私は独身じゃありません。もう＿＿＿＿います。」
　　「長話ですね。もう１時間も＿＿＿＿いますよ。」

　このような問題は、真面目な顔で、答えさえ合っていればOKとして進めるのではなく、それ

れの文を、誰が、どんな場面で、どんなふうに発話しているのかまで想像させることによって、実際に役立つ力がついていきます。

### ［聴解問題］

　各課の最後の問題は聴解問題になっています。聴解問題は改訂版で新しく追加しました。自然な会話を尊重し、学習者が聞く、理解する、自分も会話できるようにする、ことを目的としています。たとえば、1課の練習4は、会話を聞いて場面を考え、そこで「～ています」の文を考えさせる問題です。

例）「ここのコーヒー、おいしいよね」
　　「うん、静かだし、落ち着くよね」
　　→場所：喫茶店「コーヒーを飲んでいます」

　この場合、学習者が答えを考えたら、今度は教師がもう一度「コーヒーを飲んでいます」と言ってそれを会話場面と設定し、学生2人にCDのような会話をさせると、自然な会話がいっそう定着します。

### ［ドリルを使った発展練習］

　問題文をコミュニケーションの素材として利用して、さらに発展させた練習を行うこともできます。

例）1課・練習1 (1)「毎日、バスで通っています」
　　問題を解いたあと、クラスで関連した疑問文を考えさせる。
　　「学校には何で通っていますか」「バスは込みますか」「時間はどのくらいかかりますか」など

　　学習者たちは、教室の中を歩きながらお互いに質問し合い、あとで相手から答えてもらった内容を発表します。

　　A　「学校には何で通っていますか。」
　　B　「地下鉄です。」
　　A　「地下鉄は込みますか。」
　　B　「朝8時から9時まではとても込みます。」
　　A　「時間はどのくらいかかりますか。」
　　B　「学校まで40分かかります。」
　　A　「あなたの国でも学校に地下鉄で通っていましたか。」

　　クラス全員の名前を書いたカードを用意して一人に1枚ずつ渡し、名前が書かれた学習者について発表させると、1回目の授業の自己紹介の助けにもなります。

　このような発展練習は、教師が考えているよりも、学習者たちは自分なりの質問を作って相手とコミュニケーションを楽しむものです。先生は教室全体の学習者が会話に参加しているかを把握し、一人ぼっちになる学習者が出ないように調整するなど、コーディネーターとして助けてあげてください。

　以上のように本書では、ただテキストを説明しドリルを行って授業をするのではなく、テキストの中の素材を十分に活用し、発想をひろげて授業を進めることによって、会話力を高めることを目指しています。本書が「自然なコミュニケーション力」のために、先生と学習者の役に立つことを心から願っています。
　なお、巻末付録には「『会話の授業』を担当する方へ－よりよい指導のために－」として、各課の詳しい内容をまとめてあります。ぜひ指導の参考にしてください。

[ 改訂新版 ]

# 会話の日本語II

# 何時ごろお帰りになりますか
なんじ　　　　　　　　　かえ

## 15課

尊敬語・謙譲語
そんけいご　けんじょうご

**会話** 🔗 T-02

隆さんが、大学の恩師に電話をしています。
たかし　　だいがく　おんし　でんわ

　隆　：もしもし、河村先生のお宅ですか。
　　　　　　　　　かわむらせんせい　たく

河　村：はい、河村でございます。

　隆　：私、大学でお世話になりました森と申しますが、先生ご在宅でいらっしゃ
　　　　わたし　だいがく　せわ　　　　　　　もり　もう　　　　　　　ざいたく
　　　　いますか。

河　村：あいにく出かけておりますが。
　　　　　　　　で

　隆　：何時ごろお帰りになりますか。
　　　　なんじ　　かえ

河　村：8時には帰ると申しておりました。

　隆　：では、そのころもう一度お電話させていただきます。
　　　　　　　　　　　　　いちど

### この課で学ぶこと

敬語は、社会的な地位の上下（社長と社員）、年齢、利害関係（店員と客）、親しさの度合い（見
けいご　しゃかいてき　ちい　じょうげ　しゃちょう　しゃいん　ねんれい　りがいかんけい　てんいん　きゃく　した　　どあ　　み
知らぬ人か友達か）、内外関係（自分の会社の人か他社の人か）、恩恵関係（先生と学生）などによっ
し　ひと　ともだち　ないがい　じぶん　かいしゃ　たしゃ　おんけい　　　　がくせい
て使い分けます。尊敬語は、その人を高めて敬意を表します。謙譲語は、自分を下げることによっ
つか　わ　　　　　　　ひと　たか　けいい　あらわ　　　　　　　　じぶん　さ
て、相手に敬意を表します。
あいて

1.「です・ます体」と「普通体」　2. 尊敬語「〜れる」「〜られる」　3. 尊敬語「お〜になる」
　　　　　　　　　ふつうたい

4. 特別な形の尊敬語 ▶「召し上がる」「いらっしゃる」「おっしゃる」など
　とくべつ　かたち

5. 謙譲語「お〜する」

6. 特別な形の謙譲語 ▶「申す」「参る」「伺う」など
　　　　　　　　　もう　まい　うかが

7. ていねいにするために名詞の頭につける「お」と「ご」
　　　　　　　　　めいし　あたま

## 1　ビールを飲みますか。／ビール飲む？
—— 「です・ます体」と「普通体」

「です・ます体」を使うとていねいな言い方になる。「普通体」は親しい人との会話で使われる。

a. こんどの研修旅行に行きますか。／今度の研修旅行に行く？
b. 黒沢の映画、見ましたか。／黒沢の映画、見た？
c. あのレストランに入りましょう。／あのレストランに入ろう。
d. この景色、写真に撮りませんか。／この景色、写真に撮らない？

あのレストランに入りましょう。

■映画に誘っています。

ジョン：こんどの日曜日、暇？ 映画に行かない？

ホ　セ：うん、いいよ、どこで待ち合わせする？

健　一：この映画、おもしろそうですね。一緒に見に行
　　　　きませんか。

良　子：いいですね。こんどの日曜日はどうですか。

あのレストランに入ろう。

## 2　車で行かれましたか
—— 尊敬語「～れる」「～られる」

a. 今朝の新聞はもう読まれましたか。
b. 部長は飛行機で夕方、来られるそうです。
c. 奥様は今、外出されています。
d. 社長はワインは飲まれないそうです。
e. こんどの駐日大使は、日本語をとても上手に
　　話されます。

車で行かれましたか。

■夏休みが終わって、お盆の帰省について話しています。

田　中：お盆はふるさとへ帰られたんですか。

山　田：ええ。

田　中：車で行かれましたか。

山　田：ええ。渋滞で大変でしたよ。

## 3 もうお買いになりましたか
——尊敬語「お〜になる」

依頼の形で使うときは「お〜になってください」となる。
（「になって」は省略されることもある。）

a. どこにマンションをお買いになったんですか。

b. そこに名前をお書きになってください。

c. この資料は、部長がお持ちになっています。

d. その本、お読みになったら貸していただけますか。

e. 時間がありませんので、お急ぎください。

その本、お読みになったら
貸していただけますか。

■病院の受付で話しています。

患　者：初診なんですが、お願いします。

受　付：はい。この用紙に記入して、お待ちになってください。

患　者：何分ぐらいかかりますか。

受　付：10分ぐらいです。そこに、お掛けになっていてください。


## 4 お酒を召し上がりますか
——特別な形の尊敬語

T-06

「食べる→召し上がる」「来る・いる→いらっしゃる」「見る→ご覧になる」「言う→おっしゃる」「する→なさる」など、動詞全体を特別な形に変えて尊敬を表す。

a. どうぞ召し上がってください。

b. 先生はもう教室にいらっしゃいましたよ。

c. 話題の映画、もうご覧になりましたか。

d. そうはおっしゃいますが……。

e. どうなさいましたか。ご気分でも悪いんですか。

お酒を召し上がりますか。

■会社で、部長と部下が話しています。

部　長：今日の会議、誰の発案？

鈴　木：部長が先週おっしゃったんですが……。

部　長：会議の時間、外出予定なんだけど。

鈴　木：えっ、部長、いらっしゃれないんですか。

## 5 駅までお送りします
—— 謙譲語「お～する」

a. その荷物、お持ちしましょう。
b. よろしかったら、そこまでお送りしましょうか。
c. 紅茶をお入れしましょうか。
d. この本、あさってまでお借りしてもよろしいでしょうか。

■カルチャーセンターの受付で話しています。

恵　子：俳句の講座についてお聞きしたいんですが……。

受　付：はい、何でしょうか。

恵　子：途中からでも参加できるでしょうか。

受　付：はい、できます。今、申込書をお渡しします。

その荷物、お持ちしましょう。

## 6 4時過ぎに伺います
—— 特別な形の謙譲語

「いる→おる」「言う→申す」「行く・来る→参る」「聞く・訪ねる→伺う」など、動詞全体を特別な形に変えて謙譲を表す。

a. 明日は、一日中、家におります。
b. インドネシアから参りましたイワンと申します。
　どうぞ、よろしく。
c. あ、そのことなら存じております。
d. 山水画の掛け軸を、ぜひ拝見させてください。
e. 暑中お見舞い申し上げます。

4時過ぎに伺います。

■教授と話しています。

健　一：あのう、卒論のことで、ちょっと伺いたいんですが。

教　授：今、忙しいから、午後の授業のあとで聞くよ。　（M）

健　一：では、4時過ぎに研究室に伺います。

# 7 お料理、お上手ですね
——ていねいにするために名詞の頭につける「お」と「ご」

a. ねえ、お掃除手伝って。　（F）

b. それでは、新郎のご友人の方々にご祝辞をいただきたいと存じます。

c. お中元にいただいたお菓子、とてもおいしくいただきました。

d. ご欠席の方々には、後日、こちらからごあいさつに伺います。

e. お弁当はお赤飯とお寿司のどちらにしますか。

お料理、お上手ですね。

■留学生が下宿先の大家さんと話しています。

大　家：ランさん、**お留守**の間に**お荷物**を預かっておきましたよ。

ラ　ン：**ご親切**に、ありがとうございます。

大　家：それから、ジョージさんから**お電話**があって、**ご連絡**ください、ということでしたよ。

ラ　ン：そうですか。ありがとうございます。

# 15課　ドリル

**練習1**　（　　　　）の中の言葉のうち、適当なほうを選んで、○をつけてください。

（1）真由美：あした、暇？

　　　良　子：うん、（① 暇です　・　暇 ）。どうして？

　　　真由美：お好み焼き、食べに行かない？

　　　良　子：うん、（② いいわね　・　結構ですね ）。

（2）教　授：その場所がよくわからないんだが……。

　　　健　一：大丈夫ですよ。僕がお連れ（　します　・　られます　）から。

（3）【劇場で】

　　　案内係：いらっしゃいませ。どうぞ、この半券をお持ち（① になって　・　して ）

　　　　　　　ください。（② お　・　ご ）席へ（③ お　・　ご ）案内

　　　　　　　（④ いたし　・　ください ）ます。

（4）恵　子：天ぷらは揚げたてなのですぐ（① 召し上がって　・　いただいて ）く

　　　　　　　ださいね。

　　　イワン：はい。（② 召し上がり　・　いただき ）ます。

（5）良　子：（① お　・　ご ）花が（② お　・　ご ）好きなんですね。

　　　恵　子：ええ。花壇にいろいろな花を植えてるんですよ。

**練習2**　下の表の（1）～（5）に適当な動詞を入れてください。

| 普通 | 尊敬 | 謙譲 |
|---|---|---|
| 見ます | ご覧になります | 拝見します |
| 言います | おっしゃいます | （1） |
| います | （2） | おります |
| 行きます | （3） | 参ります／伺います |
| 来ます | いらっしゃいます | （4） |
| 食べます／飲みます | 召し上がります | （5） |

練習3 （　　　　）に適当な言葉を敬語にして書いて、会話を完成させてください。

（1）ミゲル：坂本先生は、この映画をもう（　　　　　　　　　）。
　　　坂　本：いえ、まだ見ていません。
（2）　客　：ビール、家まで届けてもらえますか。
　　　店　員：はい。（　　　　　　　　　）。
（3）山　田：奥様は一緒に（　　　　　　　　　）なかったんですか。
　　　木　村：ええ。風邪で体調が悪かったので、私一人で来ました。
（4）健　一：10時に研究室に（　　　　　　　　　）てもよろしいでしょうか。
　　　教　授：午前中は授業があるので、1時過ぎに来てください。
（5）患　者：どこに名前を書いたらいいですか。
　　　受　付：住所の右に（　　　　　　　　）ください。


練習4 次の（1）～（10）の下線部分の「～れる・～られる」の意味は、下のa～cのどれと同じでしょう。（　　　　）に記号を書いてください。

（1）先生は伊藤くんに引っ越しの手伝いを<u>頼まれました</u>。（　　）
（2）伊藤くんは先生に引っ越しの手伝いを<u>頼まれました</u>。（　　）
（3）李さん、納豆は<u>食べられます</u>か。（　　）
（4）カレーは世界の人に<u>食べられています</u>。（　　）
（5）アンテナがあれば、衛星放送が<u>見られます</u>。（　　）
（6）母に0点のテストを<u>見られて</u>しまいました。（　　）
（7）部長は夕方、飛行機で<u>来られます</u>。（　　）
（8）明日は9時から会議があるので、早く<u>来られる</u>人は8時までに来てください。（　　）
（9）寝ようと思ったら、友達に遊びに<u>来られて</u>、2時まで寝られなかった。（　　）

> a．社長はいつもタクシーを<u>使われます</u>。
> b．ここには車は<u>止められません</u>。
> c．学生は先生に宿題を<u>出されました</u>。

電話での会話を練習しましょう。(1)～(10)には、下のそれぞれの選択肢から
適当な文を選び、( )の①～⑥の動詞は、尊敬・謙譲の形に変えてください。

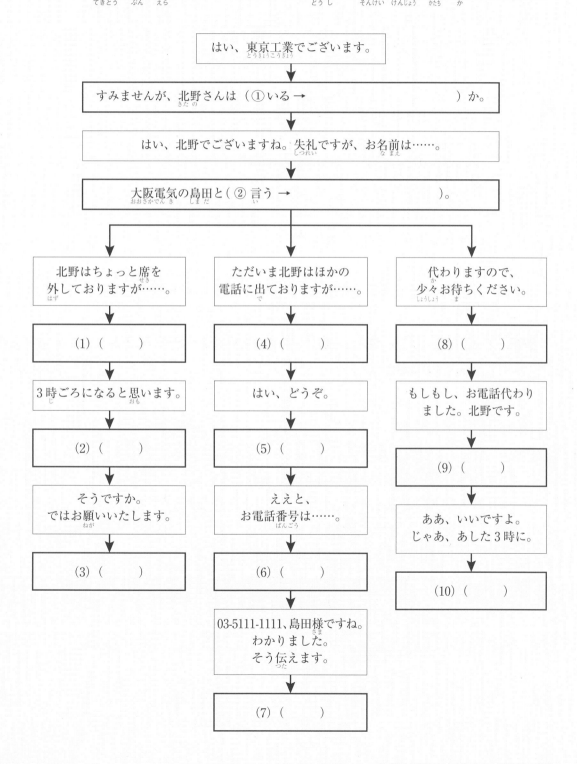

はい、東京工業でございます。

すみませんが、北野さんは（①いる → ）か。

はい、北野でございますね。失礼ですが、お名前は……。

大阪電気の島田と（②言う → ）。

北野はちょっと席を外しておりますが……。

ただいま北野はほかの電話に出ておりますが……。

代わりますので、少々お待ちください。

(1)（ ）

(4)（ ）

(8)（ ）

3時ごろになると思います。

はい、どうぞ。

もしもし、お電話代わりました。北野です。

(2)（ ）

(5)（ ）

(9)（ ）

そうですか。ではお願いいたします。

ええと、お電話番号は……。

ああ、いいですよ。じゃあ、あした3時に。

(3)（ ）

(6)（ ）

(10)（ ）

03-5111-1111、島田様ですね。わかりました。そう伝えます。

(7)（ ）

（1）～（3）

    a．そうですか。何時ごろ（③戻る →　　　　　　　　　　　　　　）か。

    b．では失礼します。

    c．では、そのころまたお電話させて（④もらう →　　　　　　　　　　　）。

（4）～（7）

    d．03-5111-1111です。

    e．それでは、伝言をお願いできますか。

    f．よろしくお願いします。では、失礼します。

    g．明日の時間の件でお電話（⑤もらいたい →　　　　　　　　　　　）と

      （⑥伝えてください →　　　　　　　　　　　）。

（8）～（10）

    h．どうもすみません。ではまたあした。

    i．はい、お願いします。

    j．あ、北野さん、島田です。あしたの時間なんですが、3時にしてもらえませんか。

**練習6**　🎧 T-10　（1）～（8）は、誰に、どんなときに使うと思いますか。下のa～h から選んでください。

（1）（　　　　）　（2）（　　　　）　（3）（　　　　）　（4）（　　　　）

（5）（　　　　）　（6）（　　　　）　（7）（　　　　）　（8）（　　　　）

    a．友達に、病気のお見舞いに行ったとき

    b．友達に、誕生日に

    c．友達に、結婚式で

    d．知り合いに、久しぶりに出会ったとき

    e．知り合いに、お土産に食べ物を持っていったとき

    f．知り合いに、新年になって初めて会ったとき

    g．先生に、病気のお見舞いに行ったとき

    h．先生に電話をしたとき

# こんど、留学するそうだよ

16課

伝聞・様態の表現 —— そうだ

**会話** T-11

真由美さんと隆さんが、留学する友達のことを話しています。

隆　：英文科の野田さん、こんど留学するそうだよ。　（M）

真由美：どこへ？

隆　：イギリスだそうだよ。シェークスピアについてもっと研究するらしい。（M）

真由美：ふーん。彼女なら頑張れそうね。　（F）

隆　：高校時代に英語劇の「ベニスの商人」でポーシャを演じたそうだよ。　（M）

真由美：そのころからの望みがかなうのね。　（F）

## この課で学ぶこと

「〜そう（だ）」には、さまざまな用法があります。

1. 人から伝え聞いたことを表す ▶ こんど留学するそうだよ

2. 見た目・状況・人から聞いた情報などから推量したことを表す ▶ 彼女なら頑張れそうね

3. 何かがもうすぐ起こる様子・状態であることを表す ▶ 川の水があふれそうですよ

4. イ形容詞＋「そう」 ▶ 「よい→よさそう」「悪い→悪そう」「楽しい→楽しそう」

## 1 こんど留学するそうだよ
### ——人から伝え聞いたことを表す

a. あした、テストがあるそうですよ。

b. きのう、やっと梅雨が明けたそうですね。

c. あの人、高校の先生だそうですよ。

d. あのレストランはおいしいそうですよ。

e. このジャムは手作りだそうよ。 （F）

■学生寮のロビーで留学生が話しています。

カルロス：ジョンくんがこの寮を出るそうだよ。 （M）

デルゲル：どこへ引っ越すの？

カルロス：駅の近くのアパートだそうだよ。 （M）

カルロス：哲学の先生の授業はずいぶん難しいそうだね。 （M）

デルゲル：みんな、そう言ってるね。

やっと梅雨が明けたそうですね。

## 2 彼女なら頑張れそうね
### ——見た目・状況・人から聞いた情報などから推量したことを表す

a. この旅行セット、便利そうね。 （F）

b. 今夜、なんだか雨になりそうですね。

c. 道が渋滞して(い)そうですね。

d. 田中さん、あなたに会えてとっても
うれしそうよ。 （F）

e. このマンション、高そうね。 （F）

■レストランの前で話しています。

上　田：この店、おいしそうですね。

武　井：入ってみましょうか。

上　田：でも、なんだか高そうね。 （F）

武　井：込んで(い)そうだし、やっぱりほかの店にしましょう。

このマンション、高そうね。

## 3 川の水があふれそうですよ T-14
──何かがもうすぐ起こる様子・状態であることを表す

a. 虫歯が抜けそうだ。
b. 風が強くて、帽子が飛びそうだよ。（M）
c. 道が凍ってて、滑りそうだ。
d. 荷物が重すぎて、ひもが切れそうだ。
e. さっき石につまずきそうになっちゃった。

■豪雨・地震のあとで、話しています。

島　田：きのうの雨はすごかったですね。

恵　子：川の水があふれそうですよ。

和　夫：さっきの地震すごかったね。

恵　子：壁の時計が落ちそうだったわ。（F）

風が強くて、帽子が飛びそうだよ。

## 4 よさそうな人よ 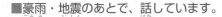T-15
──イ形容詞＋「そう」

a. この辺には、おいしいレストランはなさそうですね。
b. 彼には英語力はなさそうだね。（M）
c. あの映画、こわそうだよ。だけど、おもしろそうだね。
d. このバッグ、旅行によさそうね。（F）
e. ここは別荘を建てるのによさそうね。（F）

 かわいそう
「かわいそう」は、「かわいい」＋「そう」ではありません。意味がまったく違うので気をつけましょう。

■夫婦が話しています。

恵　子：あのワイングラス、よさそうね。（F）

和　夫：うん、色も形も最高だね。（M）

恵　子：真由美のボーイフレンド、よさそうな人よ。（F）

和　夫：でも、お金はなさそうだね。（M）

# 16課　ドリル

練習1 （　　）の中の正しいほうを選んでください。

（1）このピザ、真っ赤で、なんだか（　辛いそうだ　・　辛そうだ　）。

（2）（　まじめだそう　・　まじめそう　）な人を採用しよう。

（3）彼は大学院へ（　行かないそう　・　行かなそう　）よ。私、聞いちゃった。

（4）おなかがすいて（　死ぬそう　・　死にそう　）だ。早くご飯にならないかなあ。

（5）5歳の娘に（　いいそう　・　よさそう　）な本はどれかな。


練習2 （　　）の中の言葉を適当な形にしてください。

（例）あっ、危ない。カバンが棚から（　落ちる → 落ち　）そうですよ。

（1）山　田：おなかがペコペコ……。

　　　鈴　木：この辺は、おいしいレストランは（① ない →　　　　　　　）そうだね。

　　　山　田：上田さんに聞いたんだけど、あのおそば屋さんは（② おいしい →

　　　　　　　　　　　　）そうだよ。

　　　鈴　木：そう。（③ 安い →　　　　　　　）そうだし、入ってみよう。

（2）真由美：毎日、雨が降っていやね。

　　　良　子：天気予報によると、来週、梅雨が（明ける →　　　　　　　）そうよ。

（3）母　親：どうしたの、気分でも悪いの？

　　　子　供：ううん、（歯が抜ける →　　　　　　　）そうなんだよ。


練習3 （　　）の中の言葉を「～そう」を使って書いてください。

（1）真由美：（① おいしい →　　　　　　　）ジャムねえ。

　　　恵　子：ええ、岡田さんの奥さんの（② 手作り →　　　　　　　　）よ。

（2）恵　子：その旅行セット、（便利だ →　　　　　　　）ね。

　　　和　夫：うん、そこのスーパーで買ったんだ。

（3）和　夫：今日は、外は（① 寒い →　　　　　　　）なあ。

　　　恵　子：道が凍ってて、（② 滑る →　　　　　　　）だから、気をつけてね。

（4）上　田：今朝はどうしたの？　お化粧もしないで。

　　　武　井：（遅刻する →　　　　　　　）だったの。おかしい？

（5）子　供：ママ、この靴下もう少しで（ 穴があく → 　　　　　　　　　 ）だよ。
　　　母　親：まあ、先月買ったばかりなのに。

**練習4**　（　　　）に、下の ▢ の中から適当な言葉を選んで、適当な形にして書いて
　　　　　ください。

（例）イサガン：空が曇って、雨が（　降りそう　）ですよ。傘を持っていったほうがい
　　　　　　　　いですよ。

　　　ミ ゲ ル：はい。そうします。

（1）グスタボ：イサガンさん、ニコニコして、（　　　　　　　　　）ですね。

　　　イサガン：ええ。花子さんに映画に誘われたんです。

（2）ミ ゲ ル：（　　　　　　　　　）ですね。

　　　グスタボ：ええ、きのうの晩、3時間しか寝ていないんです。

（3）グスタボ：天気予報では、あした、台風が（　　　　　　　）ですよ。

　　　ミ ゲ ル：そうですか。ちょっと心配ですね。

（4）ケオター：イサガンさん、ニュースを聞きましたか。きのう、地下鉄で事故が
　　　　　　　　（　　　　　　　　　）ですよ。

　　　イサガン：そうですか。知りませんでした。

（5）ミ ゲ ル：グスタボさん、荷物を入れすぎですよ。袋が（　　　　　　　　　）ですよ。

　　　グスタボ：本当だ。困ったなあ。

| 眠い | 甘い | 来る | 降る(例) | 悲しい |
|------|------|------|---------|--------|
| うれしい | ある | 破れる | 壊れる | |

練習5 次の絵を見て、①〜⑦の＿＿＿に、下の □ の中から適当な言葉を選び、「〜
そう」の形にして入れてください。（①④〜⑦は会話の言葉、②③は心の中で
思った言葉です。）

①これ、むずかしいの。
ねえ、パパ、
＿＿＿＿＿＿＿＿＿？

②いやあ、ちょっと
＿＿＿＿＿＿だな。

③あっ、
＿＿＿＿＿＿＿＿＿

おばあさん、
お持ち
しましょう。

④いま
＿＿＿＿＿＿＿＿ね。
また電話するわ。

⑤これ
＿＿＿＿＿＿だね。
乗ろうか。

⑥えーっ、＿＿＿＿＿＿。
私はいやよ。

⑦ああ
こわかった。
心臓が
＿＿＿＿＿だった。

| 止まる　　わかる　　忙しい　　おもしろい　　むずかしい　　こわい　　重い |
|---|

練習6　 🔊 T-16 ニュースを聞いてください。「～そう」を使って、友達に、このニュースを伝えてください。

（例）　きのうの夜、火事があったそうですよ。

_____

_____

_____

_____

_____

_____

_____

_____

_____

_____

# 台風が来ているようですよ

**17課** 推量の表現
<sub>すいりょう ひょうげん</sub>

**会話** 🔊 T-17

木村さんと同僚の佐藤さんが、あしたの出張について話しています。
<sub>き むら どうりょう さ とう しゅっちょう はな</sub>

木　村：雨や風が強くなってきましたね。
<sub>あめ かぜ つよ</sub>

佐　藤：台風が来ているようですよ。
<sub>たいふう き</sub>

木　村：こんな天気で、飛行機は飛べるでしょうか。
<sub>てん き ひこうき と</sub>

佐　藤：着陸地の天候によるらしいですよ。
<sub>ちゃくりくち てんこう</sub>

木　村：うーん、あしたの出張は、飛行機で行くか新幹線で行くか、迷いますね。
<sub>しゅっちょう い しんかんせん まよ</sub>

佐　藤：新幹線のほうが確実みたいですけどね。
<sub>しんかんせん かくじつ</sub>

### この課で学ぶこと

推量を表す言葉には、「～だろう」「～ようだ」「～みたいだ」「～らしい」「～そうだ」などがあり
<sub>あらわ ことば</sub>
ます。

 1. 自分の知識や経験から判断して推量するときに使う「～だろう」
<sub>じ ぶん ち しき けいけん はんだん つか</sub>
 2.「～ようだ」「～みたいだ」が持つ2つの意味
<sub>も い み</sub>
 3.「～らしい」が持つ2つの意味

# 1 北海道はもう寒いだろう

T-18

——自分の知識や経験から判断して推量するときに使う「〜だろう」

**「〜だろう」は、話し手の強い判断を表す。疑問詞（「どうして」「誰が」「なぜ」など）と一緒に使われるときには、「〜そうだ･〜ようだ･〜みたいだ･〜らしい」とは置き換えられない。「でしょう」は「だろう」のフォーマルな形。**

a. この本棚、どうやって組み立てるんだろう。

b. こんどの選挙も、小泉氏は立候補するでしょう。

c. 今年の社員旅行、どこがいいでしょうか。

d. このお寺は江戸時代に建ったんだろうね。

この本棚、どうやって組み立てるんだろう。

**■梅雨の時期の会話。**

岡　田：このパン、どうしてカビが生えないんだろう。

武　井：防腐剤が使ってあるからでしょう。

# 2 どうも女性のようですね／まるで女性のようですね

T-19

——「〜ようだ」「〜みたいだ」が持つ２つの意味

**「〜ようだ」には、「どうも〜だと思える」と、「外見などがまるで〜だ」という、２つの意味がある。「〜みたいだ」は「〜のようだ」の会話形。**

a. 隣の人は先生のようですね。／

あの人は、まるで先生のようですね。

b. あそこの席のカップルは夫婦のようですね。／

あの二人は息が合って、まるで夫婦のようですね。

c. この花はどうもランみたいだね。／

ええ、でも、本物みたいですが、プラスチックなんです。

どうも女性のようですね。

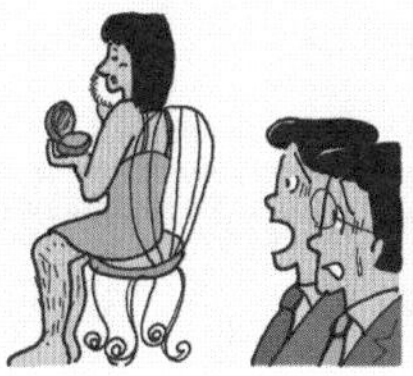

まるで女性のようですね。

**■レストランで、客が話しています。**

鈴　木：このすき焼きの肉は和牛のようですね。

山　田：いえ、ここにカナダ牛って、書いてありますよ。

武　井：このハンバーグ、大豆でできてるんだって。

上　田：ほんと？ まるで肉みたいだね。

## ③ 彼はどうも外交官らしい／彼は社交的でいかにも外交官らしい
—— 「〜らしい」が持つ２つの意味

「〜らしい」には、「外部からの情報などから判断して、どうも〜だと思える」と、「見た目や様子が〜にふさわしい」という、２つの意味がある。

a. あの人がこの子のお母さんらしい。／

最近、落ち着きが出てきて、お母さんらしくなったわよ。 （Ｆ）

b. 落書きの犯人はどうも隣の子供らしいね。／

お宅のお子さんは、元気がよくて子供らしくていいですね。

c. あの人、いつも元気で若々しいけど、ほんとは昭和一ケタ生まれらしいわよ。 （Ｆ）

／あの人、物を大事にして、いかにも昭和一ケタ生まれらしいわね。 （Ｆ）

落書きの犯人はどうも
隣の子供らしいね。

お宅のお子さんは、元気がよくて
子供らしくていいですね。

■大学についての会話。

山　田：この大学の学長は女性らしいよ。

鈴　木：それはめずらしいね。

■役人についての会話。

真由美：あの人、建前ばかりで、いかにも役人らしいね。

隆　：本当だね。

## 17課　ドリル

練習1 〔　　　〕の中の言葉を「～だろう」と「～でしょう」の適当な形にして、会話を完成させてください。

（例）A：このケーキ、カビが生えないんだってさ。
　　　B：どうしてカビが（ 生えないんだろう・生えないんでしょう ）。〔生えない〕

（1）A：この棚の組み立て方、わかる？
　　　B：いや、どうやって（　　　　　　　　・　　　　　　　　）ね。〔組み立てる〕
（2）A：こんどの選挙では、誰が立候補するの？
　　　B：知らない。いったい誰が（　　　　　　・　　　　　　　）ね。〔立候補する〕
（3）A：ずいぶん古いお寺ですね。
　　　B：ええ、このお寺はいつごろ（　　　　　・　　　　　　　）。〔建つ〕
（4）A：こんどの社員旅行はどこにしましょうか。
　　　B：そうですね。どこが（　　　　　　　・　　　　　　）ね。〔いい〕
（5）A：冷戦が終わったのに、あちこちで内戦が起こっていますね。
　　　B：ええ、いったいどうして戦争は（　　　　　・　　　　　　）。〔なくならない〕

練習2 次のa・bの文のうち、それぞれの質問に当てはまるほうに○を書いてください。

（1）絶対に先生ではないのは、どちらですか。
　　　（　　）a．あの人は、どうも先生のようですね。
　　　（　　）b．あの人は、まるで先生のようですね。
（2）絶対に夫婦ではないのは、どちらですか。
　　　（　　）a．あの二人、夫婦みたいよ。
　　　（　　）b．あの二人、まるで夫婦みたいに息が合ってるね。
（3）子供でないのは、どちらでしょう。
　　　（　　）a．子供らしくて、かわいいね。
　　　（　　）b．子供みたいなことをする人だなあ。
（4）ほめているのは、どちらでしょう。
　　　（　　）a．あなたって男らしいわ。
　　　（　　）b．髪は長いけど、どうも男らしいよ。

（5）ほめているのは、どちらでしょう。

（　　　）a．あの人がこの子のお母さんらしい。

（　　　）b．あなたもお母さんらしくなったわね。

練習3　（　　　）の中に、下の □ の中から適当なものを選んでください。

（1）石井さんはいつも本を読んでいて、いかにも先生（　　　　　　　）ですね。
（2）あの二人はまるで双子の（　　　　　　　）によく似ています。
（3）アボカドはまぐろの刺し身（　　　　　　　）な味がするんですよ。
（4）すごい雨と風だ。どうやら台風が近づいている（　　　　　　　）だね。
（5）もう10日も雨が続いていますね。いったい、いつになったらやむん（　　　　　　　）。

```
だろう　　みたい　　らしい　　よう
```

練習4　次の説明文を読んでから、次のページのAの質問に、「らしい・よう」を使って
　　　　答えてください。

　これは白亜紀（約1億4400万年前〜6500万年前）の恐竜の骨です。
　前足は小さく尾が長いのが特徴で、体長は約10メートルもあります。その小さな前足
に比べて、後ろ足はどうでしょう。よく発達していますね。これは、この恐竜が後ろ足
だけで歩行するタイプの恐竜だったからです。
　恐竜には大きく分けると、肉食竜と草食竜がありますが、これは肉食竜です。脳を見
ると、ほかの恐竜より比較的大きく、知能が発達していたことがわかります。おそらく、
頭のいい「ハンター」であったことでしょう。
　こうした恐竜の化石は、北アメリカで多く発見されています。

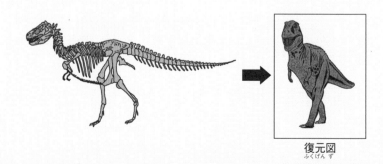

復元図

（例）A：これは何の骨かな？

B：　恐竜の骨のようだよ。

（1）A：いつごろの恐竜かな？

B：_____

（2）A：体長はどのくらい？

B：_____

（3）A：どんな歩き方をしていたの？

B：_____

（4）A：頭はよかったのかな？

B：_____

（5）A：この恐竜の化石は、どこでたくさん発見されるの？

B：_____

練習5　🎧 T-21 あなたは今、地下鉄の2番ホームにいます。アナウンスを聞いて、おばあさんの質問に答えてください。下の □ の中の言葉を、適当な形にして使ってください。

おばあさん：あのう、すみません。今、アナウンスで何と言いましたか。

あなた：よくわかりませんが、

どこかで信号が（①　　　　　　　　　　）ようです。

それで、今、電車が（②　　　　　　　　　）らしいです。

電車が動きだすまでにしばらく時間が（③　　　　　　　　　）らしいです。

急いでいる人は、JR線で（④　　　　　　　　　）ようですよ。

JR線の切符は、改札口で（⑤　　　　　　　　　）らしいです。

---

もらえます　　あげます　　止まっています　　動いています

運転します　　かかります　　行ったほうがいいです

故障します　　乗らないほうがいいです

---

# やっぱり修理に出さないと

**18課**

副詞（1）── いろいろな意味を持つもの

**会話** 🔊 T-22

会社のコピー機の前で、上田さんと鈴木さんが話しています。

上　田：ちょっと、すみません。どうもコピー機の調子が悪いんですけど……。

鈴　木：じゃあ、ちょっと見てみましょうか。

上　田：最近、よく故障するんですよね。

鈴　木：やっぱり紙が詰まっていますね。紙を取ればよくなりますよ。

上　田：どうもありがとう。あれ、また変ですよ。

鈴　木：やっぱり修理に出さないとだめかなあ。

**この課で学ぶこと**

副詞は、動詞や形容詞を修飾する言葉です。
1. さまざまな意味を持つ「どうも」
2.「しばらく」「少し」「かなり」という意味のほか、呼びかけにも使う「ちょっと」
3.「思ったとおり」「それでもなお」「結局」などの意味を持つ「やはり・やっぱり」
4.「十分に」「見事に」「いつも」「すぐに」などの意味を持つ「よく」

# 1 どうも
## ──さまざまな意味を持つ

T-23

「どうも」は「どうしても」「なんだか」などの意味を持つが、そのほかに「すみません」も「ありがとう」の意味も含む便利な副詞。

a. どうもありがとう。

b. どうもすみません。

c. あっ、どうも。こんにちは。

d. どうも彼の言うことは、はっきりしませんね。

どうもありがとう。

■待ち合わせた人と出会って、あいさつしています。

鈴　木：あ、どうも（すみません）。お待たせしちゃって……。

橋　本：いえ、こちらも今来たばかりです。

鈴　木：先日はどうもありがとうございました。

橋　本：こちらこそ、どうもお世話になりました。

どうもすみません。

■会社で、上司と部下が話しています。

岡　田：どうも最近、調子が悪いんだ。

山　田：一度、人間ドックで診てもらったらいかがですか。

あ、どうも。

どうも最近、調子が悪い。

## 2 ちょっと
—— 「しばらく」「少し」「かなり」という意味のほか、呼びかけにも使う

「それはちょっと……」には、「そんなことは簡単にはできない」という意味が含まれる。

a. ちょっと待ってください。

b. 「これ、修理できませんか。」「あ、これはちょっと……。」

c. 「お出かけですか。」「ええ、ちょっとそこまで。」

d. あのう、ちょっとすみません。

■電話番号を尋ねています。

木　村：河村先生の電話番号わかりますか。

鈴　木：ちょっとわかりませんね。

ちょっと待ってください。

■街頭アンケートで。

調査員：すいません、アンケートに答えていただけますか。

通行人：あ、今ちょっと……。

## 3 やはり（やっぱり）
—— 「思ったとおり」「それでもなお」「結局」などの意味を持つ

a. やっぱり、彼にはリーダーの素質がありますね。

b. やはり、政府の対応は遅いですね。

c. 日本車はやはり故障が少ないですね。

d. やっぱり会議は今週中にすべきですよ。

e. この仕事はやっぱり彼にまかせましょう。

■会社で、社員が噂をしています。

上　田：あの二人、結婚するんだって。

武　井：やっぱりねえ。

やっぱり結婚するのね。

■外国人が日本料理について話しています。

ラ　ン：日本料理といえば、やっぱり寿司ですよね。

ジョン：ううん、やっぱり天ぷらでしょう。

## 4 よく

 T-26

—— 「十分に」「見事に」「いつも」「すぐに」などの意味を持つ

a. よく探したら、引き出しのすみにありました。

b. よく準備運動して、それから泳ごうよ。

c. 彼はよくここに遊びに来るんです。

d. あんな小さい力士が、よく横綱に勝ったね。

e. よく平気でうそがつけますね。

よく勝ったね。

■大学で、教授と学生が話しています。

中原：先生、すみません。寝坊したものですから。

河村：君は本当によく遅刻するね。　（M）

■孫が遊びに来ました。

　孫　：おじいちゃん、こんにちは。

祖父：やあ、遠いところを一人でよく来られたね。　（M）

※副詞にはほかに、次のようなものがあります。

【時間や頻度を表すもの】

・父は、いつも5時に起きて仕事に行きます。

・関さんとは、ときどき電話で話します。

・裕一くん、また遅刻だよ。

【程度を表すもの】

・おいしいからといって、そんなにたくさん食べたら、おなかをこわすよ。

・ひろ子さん、そのドレス、とても似合うね。

・お酒は好きじゃないけど、少しなら飲めるよ。

【人の状態を表すもの】

・小学生だというのに、しっかりしたお嬢さんですね。

・足をふんばって、しっかり立ちなさい。

・ぼんやりしていると、自転車にぶつかるよ。

・娘が結婚して、ほっとしました。

練習1 （　　　）に、下の □ の中から適当なものを一つ選んでください。

（1）今（　　　　　　　　）手がはなせないんですけど……。

（2）犯人は（　　　　　　　　）彼だったのか。

（3）そんなひどいこと（　　　　　　　　）できるねえ。

（4）（　　　　　　　　）この間は、ごちそうさまでした。

（5）恵　子：こんにちは。

　　　島　田：あ、（　　　　　　　　）。

（6）Ａ：財布が見つからない。（①　　　　　　　　）どこかで落としたらしい。

　　　Ｂ：もう一度カバンの中を（②　　　　　　　　）探してみたほうがいいですよ。

（7）あした、（　　　　　　　　）お宅におじゃましてもいいですか。

（8）（　　　　　　　　）この店の寿司はいつ食べてもおいしいですね。

（9）（　　　　　　　　）申し訳ございません。

（10）山　田：会議はいつしましょうか。

　　　鈴　木：早ければ早いほどいいですから、（　　　　　　　　）今週中にしましょう。

（11）中　原：遅れてすみません。バスがなかなか来なかったものですから。

　　　河　村：またですか。君は本当に（　　　　　　　　）遅刻するね。

（12）調査員：すみません。今、アンケートをお願いしているんですが……。

　　　通行人：あ、今（　　　　　　　　）……。

（13）鈴　木：部長、書類ができあがりました。

　　　部　長：3日しかなかったのに、一人で（　　　　　　　　）できたね。

（14）岡　田：近ごろ、（　　　　　　　　）体の調子がよくないんだ。

　　　山　田：一度、人間ドックで診てもらったらいかがですか。

| どうも　　よく　　ちょっと　　やっぱり |
| --- |

**練習2**　左右の文を線で結んで、会話を完成させてください。

（1）日曜日、カラオケに行きませんか。・ 　　　　　・a. やっぱりね。

（2）お出かけですか。 　　　　　　　　・ 　　　　　・b. 歌はちょっと……。

（3）コーヒー、いかがですか。 　　　　・ 　　　　　・c. 何ですか。

（4）あの二人、離婚したんですって。　・ 　　　　　・d. よく探してみた？

（5）ちょっとすみません。 　　　　　　・ 　　　　　・e. これはどうも。

（6）財布がなくなったの。 　　　　　　・ 　　　　　・f. ちょっとそこまで。

**練習3**　AさんとBさんの会話の（　　）に入るものをa～jから選んでください。
答えは2つずつあります。

（1）A：（　　／　　）　　B：やはり、彼にはリーダーの素質がありますね。

（2）A：（　　／　　）　　B：やはり、役所の対応は遅いですね。

（3）A：（　　／　　）　　B：日本車はやはり故障が少ないですね。

（4）A：（　　／　　）　　B：やはり会議は今週中にすべきですよ。

（5）A：（　　／　　）　　B：この仕事はやっぱり彼にまかせましょう。

> a. 木村さんは、みんなの意見をよく聞いてくれます。
>
> b. 区役所に何回も頼んでいるんですが……。
>
> c. このことは来週決めましょう。
>
> d. 外車はときどき故障するんですよ。
>
> e. この仕事は英語ができないと無理ですね。
>
> f. これは去年も指摘された問題ですね。
>
> g. 彼はみんなから信頼されていますよ。
>
> h. 会議は来週でいいですね。
>
> i. この車、10年も乗っているんですよ。
>
> j. この仕事は鈴木さんが一番詳しいですよ。

練習4 🔊 T-27 会話では、最後まではっきり言わないで、「ちょっと……」「どうも……」で終わらせる場合がよくあります。(1)～(7)の会話の「ちょっと」と「どうも」には、どんな気持ちが含まれているでしょうか。下のa～jから選んでください。

(1)(　　　)　　(2)(　　　)　　(3)(　　　)　　(4)(　　　)
(5)(　　　)　　(6)(　　　)　　(7)(　　　)

| | | |
|---|---|---|
| a．ありがとう | b．すみません | c．そんなことはありません |
| d．こんにちは | e．さようなら | f．よろしくお願いします |
| g．都合が悪いです | h．無理です | i．高いので買えません |
| j．忙しいので、できません | | |

# 19課 あまりお金がないから…

副詞（2）—— 否定を伴うもの
<sub>ふくし</sub>　　　　<sub>ひてい</sub>　<sub>ともな</sub>

**会話**　T-28

デパートの化粧品売り場で、恵子さんが店員と話しています。
<sub>けしょうひん　う　ば</sub>　<sub>けいこ</sub>　　<sub>てんいん　はな</sub>

店　員：奥様、おきれいですね。**全然**、肌が荒れていませんね。
　　　　<sub>おくさま</sub>　　　　　　　<sub>ぜんぜん</sub>　<sub>はだ</sub>　<sub>あ</sub>

恵　子：あらそう？ **ちっとも**手入れしていないのよ。　（F）
　　　　　　　　　　　　　　<sub>て い</sub>

店　員：それはいけませんわ。こちらをお試しになってみませんか。　（F）
　　　　　　　　　　　　　　　　　<sub>ため</sub>

恵　子：そう？ でも高いんでしょう？
　　　　　　　　<sub>たか</sub>

店　員：いえ、この品質でしたら**決して**お高くありませんよ。
　　　　　　　　<sub>ひんしつ</sub>　　　<sub>けっ</sub>

恵　子：でも今、**あまり**お金がないから……。
　　　　　　<sub>いま</sub>　　　　<sub>かね</sub>

## この課で学ぶこと

たくさんある副詞のうち、否定形とともに使われるものを勉強します。否定の度合いも、それぞ
れ違います。
<sub>ちが</sub>

　1.「それほど～ない」という意味の「あまり～ない」
　　　　　　　　　　　　　　<sub>い み</sub>

　2.「まったく～なことはない」「絶対～することはない」という意味の「決して～ない」
　　　　　　　　　　　　　　<sub>ぜったい</sub>

　3.「まったく～ない」という意味の「全然～ない」

　4.「少しも～ない」という意味の「ちっとも～ない」
　　　<sub>すこ</sub>

「あまり」「決して」「全然」「ちっとも」の後ろには必ず否定の表現が来ます。注意して使いましょう。
　　　　　<sub>から</sub>　　<sub>ぜんぜん</sub>　　　　<sub>うし</sub>　　<sub>かなら</sub>　　<sub>ひょうげん</sub>　<sub>き</sub>　<sub>ちゅうい</sub>　<sub>つか</sub>

## 1 あまりお金がありません
—— 「それほど～ない」という意味

**否定の度合いは弱い。**

a. 久しぶりに会ったのに、あまり話せなかった。
b. こっちの道はあまり込んでいないようですね。
c. あまりおなかがすいていません。

あまりお金がありません。

■学生たちが話しています。
　隆　　：テストはどうでしたか。
ラ　ン：あまりできませんでした。

真由美：あした、雨でも、Jリーグ行くよね？
良　子：雨だったら、あまり行きたくないな。

■食べ物の好みを聞いています。
鈴　木：梅干しはお好きですか？
デルケル：いいえ、あんまり……（好きではありません）。

## 2 決してお高くありませんよ
「まったく～なことはない」「絶対～することはない」という意味

**否定の度合いが強い。**

a. 決してうそはつかないと約束してください。
b. この部屋には決して入ってはいけません。
c. あしたは決して遅れないようにしてください。

決してお高くございません。

■部屋を借りようとしています。
不動産屋：家賃は決して滞納しないでください。
　客　　：わかりました。

■保証人になってくれるように頼みました。
保証人：保証人の書類、これで全部だよね。　（M）
学　生：ありがとうございました。決してご迷惑はおかけしません。

## 3　全然、肌が荒れていませんね  T-31
　　── 「まったく〜ない」という意味

否定の度合いが強い。最近は「全然いい」のように、否定ではなく、あとに続く言葉を強調する意味でも使われる。

a. 彼は全然変わらないね。
b. 私は全然気にしていません。
c. 渋滞で、さっきから全然前に進まない。

スキーは全然できません。

■取引先の人と話しています。

木　村：北海道のご出身だそうで、スキーはお
　　　　上手なんでしょう？
山　下：それが全然できないんですよ。

■学生が先生と話しています。

ジョン：せっかく箱根まで行ったのに、富士山が全然見えなかったんです。
坂　本：それは残念でしたね。


## 4　ちっとも手入れしていないの  T-32
　　── 「少しも〜ない」という意味

否定の度合いが強い。

a. 最近ちっともいいことがないね。
b. 仕事がちっとも終わりません。
c. 部長の話はちっともおもしろくない。

へえ、ちっとも知らなかった。

■会社で同僚たちが話しています。

上　田：山本さん、こんど九州に転勤だそうよ。　（F）
武　井：へえ、ちっとも知らなかった。

鈴　木：山田、あんなに練習してるのに、ゴルフ、
　　　　ちっともうまくならないな。　（M）
中　村：ゴルフに向いてないんじゃないの。

## ※その他の否定を伴う副詞

【否定の度合いが強い表現】

・木村さん、最近、さっぱり現れませんねえ。

・赤ちゃんが病気で、少しもミルクを飲んでくれないの。　（Ｆ）

・まさか試験に落ちるとは思わなかった。

・あなたとここで会うなんて、夢にも思わなかった。

・めったに薬など飲みません。

・そんなことは、私からはとても言えません。

・もうここに来ることは二度とないでしょう。

・今更そんなことを言われたって、どうにもなりませんよ。

【否定の度合いが比較的弱い表現】

・ろくにあいさつもしないで、失礼な人ですね。

・そこに車をとめても、別にかまいませんよ。

・一概に、課長が悪いとは言えませんよね。

・まだ米の輸入は完全に自由化されてはいませんね。

・このカボチャ、なかなか煮えないね。

・パソコンなんて、たいして苦労しなくても、使えるようになりますよ。

・貿易摩擦では、必ずしも日本ばかりが悪いわけではないですよね。

# 19課　ドリル

**練習1**　（　　　）にはどんな言葉が入るでしょうか。下の ☐ の中から選んで、適当な形にしてください。

（1）木　村：お子さんは本がお好きですか。
　　　山　下：いいえ。一日中、ゲームばかりしていて、本は全然（　　　　　　　　　）。
（2）上　田：山本さん、こんど大阪に転勤だそうよ。
　　　武　井：へえ、ちっとも（　　　　　　　　　）。
（3）母　親：テストはどうだった？
　　　良　子：うん。あまり（　　　　　　　　　）の。
（4）恵　子：これ、２万円もするんですか。
　　　店　員：はい、でも、とても品質がいいので、決して（　　　　　　　　　）。
（5）山　田：よくカラオケにいらっしゃるんですか。
　　　木　村：歌は苦手なんで、めったに（　　　　　　　　　）。

> 高い　　読む　　知る　　行く　　できる

**練習2**　（　　　）の中に、下の ☐ の中から適当な副詞を選んで書いてください。

（1）国に帰っても、みなさんのご親切は（　　　　　　　　）忘れません。
（2）この小説はむずかしい漢字が多くて、（　　　　　　　　）読み終わらない。
（3）曇っていたので、富士山は（　　　　　　　　）見えなかったんです。
（4）雨が降ったら、（　　　　　　　　）行きたくないな。
（5）名前を呼んでも、（　　　　　　　　）返事もしないで、失礼な人だ。
（6）一生懸命ダイエットしているのに、（　　　　　　　　）体重が減らないの。

> ちっとも　　あまり　　全然　　決して　　なかなか　　ろくに

練習3　次の質問に対して、〔　　　〕の中の副詞を使って、否定で答えてください。

（例）レポート、もう書いた？〔まだ〕　→　ううん、（　まだ書いてない　）。

（1）テニスをなさいますか。〔めったに〕

　　　→　いえ、（　　　　　　　　　　　　　　　　　　　　　　）。

（2）きのうはよく寝た？〔ろくに〕

　　　→　いや、（　　　　　　　　　　　　　　　　　　　　　　）。

（3）ずいぶん時間がかかったでしょう。〔たいして〕

　　　→　いいえ、（　　　　　　　　　　　　　　　　　　　　　）。

（4）本当ですか。うそをついているんじゃないですか。〔決して〕

　　　→　いえ、（　　　　　　　　　　　　　　　　　　　　　　）。

（5）けがはもうよくなりましたか。〔なかなか〕

　　　→　それが、（　　　　　　　　　　　　　　　　　　）んです。


練習4　Aの質問に〔　　　〕の副詞を使って否定で答えてください。そのとき、否定
　　　の意味が「強い」か「弱い」か、どちらか選んでください。

（例）A：きのうのテストできましたか。〔全然〕

　　　B：　全然できませんでした。　　　　　　　　　　　　　　（ ⬭強い⬭ ・ 弱い ）

（1）A：日曜に見た映画、おもしろかった？〔ちっとも〕

　　　B：＿＿＿＿＿＿＿＿＿＿＿＿＿＿＿＿＿＿＿＿＿＿＿＿　（ 強い ・ 弱い ）

（2）A：こんなことはもうしませんよね？〔絶対〕

　　　B：＿＿＿＿＿＿＿＿＿＿＿＿＿＿＿＿＿＿＿＿＿＿＿＿　（ 強い ・ 弱い ）

（3）A：最近、ラオさんによく会いますか。〔あまり〕

　　　B：＿＿＿＿＿＿＿＿＿＿＿＿＿＿＿＿＿＿＿＿＿＿＿＿　（ 強い ・ 弱い ）

（4）A：ここに車をとめてもいいですか。〔別に〕

　　　B：＿＿＿＿＿＿＿＿＿＿＿＿＿＿＿＿＿＿＿＿＿＿＿＿　（ 強い ・ 弱い ）

（5）A：このごろ、ムンさん、ここに来ます？〔さっぱり〕

　　　B：＿＿＿＿＿＿＿＿＿＿＿＿＿＿＿＿＿＿＿＿＿＿＿＿　（ 強い ・ 弱い ）

**練習5**　次の質問に、下の □ の中の言葉を使って答えてください。
つぎ　しつもん　した　　　なか　ことば　つか　　　こた

（1）英語、だいぶ上達したでしょう。
えいご　　　　　じょうたつ
_____

（2）よく映画を見に行くんですか。
えいが　み　い
_____

（3）ディズニーランド、楽しかったね。また、行こうよ。
たの
_____

（4）先週の漢字のテストはどうでしたか。
せんしゅう　かんじ
_____

（5）すみません。私が悪かったんです。
わたし　わる
_____

（6）あした、雨でもサッカーの試合見に行くよね。
あめ　　　　　　　　しあい
_____

| 全然 | さっぱり | ちっとも | 決して | 少しも |
|---|---|---|---|---|
| ぜんぜん | | | けっ | すこ |
| なかなか | たいして | 必ずしも | 一概に | あまり |
| | | かなら | いちがい | |
| まあまあ | 絶対 | めったに | とても | 二度と　別に |
| | ぜったい | | | にど　べつ |

**練習6**　🔊 T-33 会話を聞いてください。〔　　　〕の中の言葉を使って、会話の内容
かいわ　き　　　　　　　　　　　　　　　　　なか　ことば　つか　　　かいわ　ないよう
を説明する文を作ってください。
せつめい　ぶん　つく

（1）〔ジョンさん　あまり〕　　① _____
　　　〔ジョンさん　なかなか〕　② _____
（2）〔ランさん　あまり〕　　　 _____
（3）〔ぼく　決して〕　　　　　 _____
（4）〔私　なかなか〕　　　　　① _____
　　　わたし
　　　〔彼　ちっとも〕　　　　② _____
　　　かれ
（5）〔太郎　ろくに〕　　　　　 _____
　　　たろう
（6）〔クマのぬいぐるみ　全然〕 _____

# コップはガチャンと割れちゃうし…

**20課** 副詞（3）── 擬音語・擬態語

## 会話 🎧 T-34

和夫さんと恵子さんが、きのうの地震のことを話しています。

和　夫：きのうの地震すごかったな。**グラグラッ**ときて……。　（M）

恵　子：本当に。コップは**ガチャン**と割れちゃうし、額は**ガタン**と落ちてくるし
　　　　……。

和　夫：天井は**ミシミシ**いうしな。　（M）

恵　子：私なんかびっくりしちゃって、何をしたらいいかわからなかった。

和　夫：でも、ストーブだけは**サッ**と消したじゃないか。えらいね。　（M）

恵　子：あなたこそ。いざというときにもおろおろしないで頼もしかったわ。　（F）

## この課で学ぶこと

音を表す副詞を「擬音語」、見た目の印象や触った感じなどを表す副詞を「擬態語」といいます。
日本語には擬音語・擬態語がたくさんありますが、ここでは形のルールに沿って勉強しましょう。

　1. 擬音語 ▶ 「トントンたたく」「ゴロゴロ鳴る」など

　2. 擬態語 ▶ 「パクパク食べる」「じろじろ見る」など

# 1 擬音語
## ──音を表す

「トントン」と「ドンドン」、「コロコロ」と「ゴロゴロ」では、濁音のついたほうが大きな音。

【トントン・ドンドン】

真由美：誰かがドアを**トントン**たたいているよ。

恵　子：宅配便かな。

真由美：あれ、誰か**ドンドン**、ドアをたたいていない？

恵　子：きっとお父さんよ。また鍵を忘れたのね。　（F）

【コロコロ・ゴロゴロ】

鈴　木：この間のドライブで、急に大雨になってね。崖から小石が**コロコロ**落ちてきたんだ。

中　村：それは大変だったね。

鈴　木：そのあと、雷が**ゴロゴロ**鳴って、岩まで**ゴロゴロ**落ちてきてね。

中　村：よく生きていられたな。　（M）

【ポキッと・ボキッと】

純　：鉛筆のしんが**ポキッと**折れちゃった。

弘　美：じゃあ、これ貸してあげる。

真由美：スキーでけがしちゃったんですって？　（F）

良　子：そうなの。骨が**ボキッと**折れて……。　（F）

トントン ／ ドンドン

コロコロ ／ ゴロゴロ

【雨の降る音】

ジョン：6月は雨の日が多いそうですね。

坂　本：毎日シトシト降り続くのよ。　（F）

ジョン：きのうの雨はすごかったですね。

ザーザー／シトシト

坂　本：家を出たらザーザー降っていて、びっくりしました。

【動物の鳴き声】

恵　子：どこかでニャーニャー鳴き声がするわ。　（F）

真由美：また誰かが猫を捨てていったのね。　（F）

和　夫：さっきから犬がワンワン吠えてるよ。

恵　子：泥棒かしら。あなた、見てきて。　（F）

父　親：鶏はなんて鳴くのかな。

子　供：コケコッコーだよ。

父　親：じゃあ、牛は？

　　　　（牛：モーモー、ヤギ：メーメー、ねずみ：チューチュー、うぐいす：ホーホケキョ）

※擬音語の形には次のようなものがあります。

〔ＡＢＡＢ型〕

・あのクラスはいつもガヤガヤうるさいですね。

・僕が失敗したからって、そんなにゲラゲラ笑うことないだろう！　（M）

・歯が丈夫ね。おせんべいをバリバリ食べて。　（F）

〔Ａ－Ａ－型〕

・夕方になると、烏がカーカー、うるさいくらいなんですよ。

・大変！　隣の家がボーボー燃えてる。

・赤ちゃんが火のついたようにギャーギャー泣いているよ。

〔ＡＢっと型〕

・息子に私たちの話を聞かれてドキッとしたわ。　（F）

・元旦に年賀状がドサッと来ました。

人の動作や状態、物事の状態を表す言葉で、さまざまなニュアンスが含まれている。例えば、「ニコニコ笑う」には明るい印象があるが、「ニヤニヤ笑う」には笑いの中に何か裏の意味がありそうな感じ。

【人間の動作】

和　夫：ジョンさんは、日本語がペラペラですね。

ジョン：いえ、まだまだです。

日本語がペラペラです。

恵　子：そんなにパクパク食べていいの。ダイエット中でしょ？

真由美：いいの。効果ないから、もうやめたのよ。　（F）

行員A：あの人、さっきからうろうろしているけど、銀行強盗の下見じゃないかしら。　（F）

行員B：まさか。あまりじろじろ見ると、失礼よ。　（F）

胸がどきどきしています。

ホ　セ：どうしたら日本語が早く上手になりますか。

坂　本：どんどん覚えて、どんどん使ってください。

【人間の状態】

坂　本：キムさん、スピーチコンテストの準備はできましたか。

キ　ム：はい。でも今から胸がどきどきしています。

いらいらします。

鈴　木：ひどい渋滞ですねえ。さっきからほとんど進んでいませんよ。

山　田：そんなにいらいらすると、体に悪いですよ。

赤　井：えっ！　毎日残業があるんですか。

鈴　木：そうなんです。もうくたくたですよ。

くたくたです。

鈴　木：彼、どうしたんですか。しょんぼりして。

赤　井：彼女にふられたんですよ……。

## 【物事の状態】

島田：車、ぴかぴかですねー。

恵子：ええ、ワックスを塗ったので。

良子：京都はどうでしたか。

トム：お寺で、頭をつるつるに剃ったお坊さんが、庭の説明をしてくださったんですよ。

しょんぼりしています。

ぴかぴかです。

つるつるです。

※擬態語の形には次のようなものがあります。

〔ＡＢＡＢ型〕

・息子のすやすや寝ている顔を見ると、起こすのがかわいそうで……。

・きのう、徹夜で仕事をしたんでふらふらなんだ。 （Ｍ）

〔ＡっＢり型〕

・ぐっすり寝てたんで、サンタクロースが来たのに気づかなかったよ。 （Ｍ）

・きっと煙突からこっそり入ってきたんだね。 （Ｍ）

すやすや寝ています。

〔Ａっと型〕

・財布をなくしたと思って、はっとしたわ。 （Ｆ）

・でも、すぐ見つかったので、ほっとしたの。 （Ｆ）

**練習1**　左の言葉と結びつく動詞を右から選んで、線で結んでください。

（1）ニコニコ　　　・　　　　・　a. 切る

（2）ザーザー　　　・　　　　・　b. 鳴く

（3）チョキチョキ　・　　　　・　c. 転がる

（4）ボーボー　　　・　　　　・　d. 笑う

（5）ニャーニャー　・　　　　・　e. 降る

（6）コロコロ　　　・　　　　・　f. 燃える

**練習2**　下の ▢ の中から適当な言葉を選んで、（　　　　）に書いてください。

（1）バスがなかなか来ないので、（　　　　　　　）します。

（2）これから日本語の口頭試験があるので、（　　　　　　　）しています。

（3）重い荷物を持って1時間も歩いたので、（　　　　　　　）になった。

（4）赤ちゃんが（　　　　　　　）寝ている。

（5）太郎は先生に叱られて、（　　　　　　　）している。

| | | | |
|---|---|---|---|
| しょんぼり | ペコペコ | どきどき | ぴかぴか |
| くたくた | すやすや | いらいら | |

**練習3**　次のa・bのうち、それぞれの質問にあてはまるほうに○をつけてください。

（1）大きい音はどっち？

（　　）a. ドアをトントンたたく。

（　　）b. ドアをドンドンたたく。

（2）大雨はどっち？

（　　）a. 雨がザーザー降っています。

（　　）b. 雨がシトシト降っています。

（3）うるさいのはどっち？

（　　）a. 太郎がゲラゲラ笑っています。

（　　）b. 太郎がニコニコ笑っています。

（４）驚いているのはどっち？

    （　　）ａ．ほっとしたわ。

    （　　）ｂ．はっとしたわ。

（５）遅れちゃうのはどっち？

    （　　）ａ．ぐずぐずしていると、……。

    （　　）ｂ．びくびくしていると、……。

練習４　絵を見て、（　　　　）の中の適当なほうを選んで、ストーリーを完成させてください。

佐藤さんの家です。あっ、泥棒が佐藤さんの家に入ろうとしています。

ドアを（ ① じっと　・　そっと ）開けると、（ ② がやがや　・　こっそり ）中に入りました。佐藤さんの家族は（ ③ ごっそり　・　ぐっすり ）寝ています。誰も泥棒に気がつきません。

泥棒は、佐藤さんの奥さんの（ ④ キラキラ　・　ギラギラ ）光るダイヤの指輪や佐藤さんの時計を（ ⑤ どんどん　・　とんとん ）バッグに入れています。

佐藤さん、大変ですよ！

練習5　次のイラストに合う擬音語・擬態語を（　　　　　）に書いてください。

（1）（　　　　　　）　　（2）（　　　　　　　　）　　（3）（　　　　　　　　）

（4）（　　　　　　）　　（5）（　　　　　　　　）　　（6）（　　　　　　　　）

（7）（　　　　　　）　　（8）（　　　　　　　　）　　（9）（　　　　　　　　）

練習6　🎧 T-37　音を聞いて、それを表す言葉を、□ の中から選んでください。

（1）＿＿＿＿＿＿＿　（2）＿＿＿＿＿＿＿　（3）＿＿＿＿＿＿＿　（4）＿＿＿＿＿＿＿

（5）＿＿＿＿＿＿＿　（6）＿＿＿＿＿＿＿　（7）＿＿＿＿＿＿＿　（8）＿＿＿＿＿＿＿

| ザブーン | ガチャン | トントン | ワンワン |
| --- | --- | --- | --- |
| カーカー | ザーザー | コチコチ | コケコッコー |

# 日本の映画を見たことがありますか

**21課** 形式名詞（1）── こと

**会話** 🔊 T-38

健一さんとリンダさんが、映画について話しています。

健　一：リンダさんは日本の映画を見たことがありますか。

リンダ：ええ。特に黒沢の映画が好きです。

健　一：そうですか。僕も黒沢は好きですね。

リンダ：いい映画は5回も6回も見ることがあります。

健　一：リンダさんは熱烈な映画ファンなんですね。

リンダ：ええ。学生のころは、「年に100本の映画を見ること」と決めていました。

**この課で学ぶこと**

「こと」「もの」「ところ」は、とても広い意味を持つ名詞です。しかし、動詞のあとにつくと、本来の意味から離れて、動詞を名詞節にします。このような名詞を「形式名詞」といいます。
「こと」は「～ことになる」「～ことにする」「～ことにしている」などのように使われます。

1. 「する場合がある」ことを表す「Ｖ（動詞）の辞書形＋ことがある」 ▶ 映画を見ることがある
2. 過去の経験を表す「Ｖのた形＋ことがある」 ▶ 昔、見たことがある
3. 命令や指示を表す「Ｖの辞書形＋こと」 ▶ 毎日、新聞を見ること
4. 「こと」と「の」の入れ替え

## 1　５回も６回も見ることがあります  T-39
—— 「Ｖの辞書形＋ことがある」は、「する場合がある」ことを表す

「Ｖの辞書形＋こと<u>も</u>ある」は「こと<u>が</u>ある」より
回数が少ない。

a. 会社の帰りに本屋に寄ることがあるんですよ。
b. 休日には釣りに行くこともあります。
c. 夕食は外で食べることがあります。
d. 夫が夕食を作ってくれることがあるんですよ。
e. 盆踊りでは、浴衣を着ることもあります。

休日には釣りに行くこともあります。

■マンガについて話しています。

隆　　：キムさんの国では、大人もマンガを読むことがありますか。

キ　ム：ええ。でも、電車の中で読むことはありません。

隆　　：日本語の授業でマンガを教材に使うことがありますか。

キ　ム：ええ、時々。でも、マンガの言葉はわかりにくいこともありますね。

## 2　日本の映画を見たことがありますか  T-40
—— 「Ｖのた形＋ことがある」は、過去の経験を表す

a. お寿司を食べたことがありますか。
b. 京都に行ったことは一度もありません。
c. 10年前、富士山に登ったことがあります。
d. その本なら、前に読んだことがあるわ。　（Ｆ）
e. この写真の人、見たことないなあ。

■初恋について話しています。

お寿司を食べたことがありますか。

真由美：誰かを好きになったこと(が)ある？

良　子：もちろんよ。初恋は小学校５年のとき
　　　　だったわ。　（Ｆ）

真由美：じゃあ、ラブレターをもらったことは(ある)？

良　子：初めてのは、小学校１年のとき。

「年に100本の映画を見ること」と決めていました　 T-41
―― 「Vの辞書形＋こと」は、命令や指示を表す

a. 横断歩道は、車に注意して渡ること。
b. 食事の前には、手を洗うこと。
c. 芝生に入らないこと。
d. この部屋ではたばこを吸わないこと。
e. スリッパや浴衣姿でロビーに出ないこと。

■新婚家庭での会話。

陽　子：布団は自分でたたむこと。食事のときは
　　　　新聞を読まないこと。たばこはベランダ
　　　　で吸うこと。

真　一：わかった。

陽　子：それから、毎日「愛している」と言うこと。

真　一：それはちょっと……。

毎日「愛している」と言うこと。

4　歩くこと（の）は健康にいいそうよ　 T-42
―― 「こと」と「の」の入れ替え

「こと」には動詞を名詞化する働きがあり、「の」で入れ替えられることが多い。

a. 食べること（の）と寝ること（の）だけが、楽
しみなんです。
b. 日本では、スペイン語の新聞を買うこと（の）
はむずかしい。
c. あいづちを打つこと（の）は同意を表すとは限り
ません。

歩くこと（の）は健康にいいそうよ。

■家族で、美容と健康について話しています。

真由美：お母さん、夜食を食べること（の）は美容によくないわよ。　（Ｆ）

恵　子：でも、お腹がすくんだもの。　（Ｆ）

恵　子：歩くこと（の）は健康にいいそうよ。　（Ｆ）

和　夫：じゃあ、駅までバスに乗らないで、歩くよ。　（Ｍ）

「の」と「こと」を入れ替えられない場合　　⊕ T-43

【「聞こえる、聞く、見える、見る」などの知覚動詞】

・ あなたがテレビに出ているの（×こと）を、見ましたよ。

・ 遠くで雷が鳴っているの（×こと）が聞こえる。


■友達同士の会話。

上　田：きのう、あなたが素敵な彼と歩いているの（×こと）を見たよ。

武　井：あれは弟よ。


■夫婦の会話。

和　夫：さっき隣の部屋で何か物音がするの（×こと）を聞いただろ？　（M）

恵　子：何も。気のせいじゃないの。


【名詞節の意味を強調する場合】

・ 授業が終わるの（×こと）は、4時ですよ。　（cf. 4時に授業が終わります。）

・ 荷物が着くの（×こと）は、あさってになります。　（cf. あさって荷物が着きます。）


■主婦同士の会話。

恵　子：9時にデパートで買い物をしましょう。

島　田：デパートが開店するの（×こと）は、10時ですよ。

練習1 （　　　）の中の動詞を「～ことがある（ない）」を使った適当な形に変えて、会話を完成させてください。

（例）A：休日はいつもゴルフですか。

B：いや、たまには釣りに（行く → 行くこともあります ）よ。

（1）A：夕食はいつも外食ですか。

B：いいえ、時々、家で（作る → 　　　　　　　　　　　　　）よ。

（2）A：この写真の人、知ってますか。

B：ええ、その人なら以前一度（会う → 　　　　　　　　　　　）。

（3）A：ギリシャ料理は好きですか。

B：ええ、時々、（食べる → 　　　　　　　　　　）よ。

（4）A：山登りはお好きですか。

B：ええ、富士山には、もう5回も（登る → 　　　　　　　　　　　）。

（5）A：この間の中国旅行、チベットまで行ったのですか。

B：いいえ。チベットには（行く → 　　　　　　　　　　　）。

（6）A：キムさん、読書が好きなんですね。

B：ええ、夢中になると、一日中（読む → 　　　　　）。

練習2 「～こと」を使って、命令や指示を表す文に書き換えてください。

（1）教室では、携帯電話の電源は切っておきなさい。

_____

（2）美術館の中は、撮影禁止です。

_____

（3）社内は禁煙です。

_____

（4）レポートの提出期限は、月曜日の午後1時です。

_____

（5）自転車の二人乗りは絶対ダメだよ。

_____

**練習3** （　　　）に、「こと」を使った適当な言葉を書き、会話を完成させてください。

（1）A：ご両親によく手紙を書きますか。
　　　B：（　　　　　　　　　　　　）もありますが、電話のほうが多いです。

（2）A：川端康成の小説を（　　　　　　　　　　）がありますか。
　　　B：いいえ。でも、日本語が上手になったら読んでみたいです。

（3）A：アイスクリームを食べたら、歯を（　　　　　　　　　　）。
　　　B：はーい。あーあ、めんどくさいな。

（4）A：締め切りまでに必ずレポートを、私の研究室に（　　　　　　　　　）。
　　　B：はい。

（5）A：あなたの国では、生の魚を（　　　　　　　　）がありますか。
　　　B：いいえ。必ず煮たり焼いたりしますよ。

（6）A：北海道には（　　　　　　　　　）がありますか。
　　　B：はい。10年前に一度、家族と一緒に。

（7）A：この部屋では（　　　　　　　　　）。それは守ってね。
　　　B：わかった。たばこは必ず外で吸うよ。

（8）A：新入社員なのに、あなたも残業（　　　　　　　　　）があるんですか。
　　　B：はい。週に1日か2日はしますよ。

（9）A：カラオケで日本語の歌を（　　　　　　　　　）ができますか。
　　　B：ええ、私、結構、うまいんですよ。

（10）A：一人で、エベレストに（　　　　　　　　　）は可能ですか。
　　　B：それは無理ですよ。危険ですからやめてください。

**練習4** 次の文を読んで、「こと」と「の」の正しいほうを選んでください。

（1）3時に京都を出ると、東京に着く（　こと・の　）は何時になりますか。
（2）趣味は絵をかく（①こと・の　）と写真を撮る（②こと・の　）です。
（3）時々バスに乗る（　こと・の　）もありますが、たいてい歩いて学校へ行きます。
（4）きのう、ジョンさんが奥さんと歩いている（　こと・の　）を見ましたよ。
（5）残業が多くて、帰宅する（　こと・の　）はいつも12時過ぎです。

練習5 [T-44] 会話を聞いて、(　　　) に「こと」を使った表現を入れ、文を完成
させてください。

（1）ジョンさんは、納豆が大好きです。

健康にいいので、毎日、（①　　　　　　　　　　　　　） にしています。

1日に3回（②　　　　　　　　　　　　　）。

（2）エミーさんは、日本のマンガを（①　　　　　　　　　　　） あります。

手塚治虫の作品が好きで、一日中（②　　　　　　　　　）。

でも、エミーさんは、マンガは電車の中では（③　　　　　　　　　　　）。

（3）加藤さんは釣りを（①　　　　　　　　　　　）。

山田さんは川釣りが趣味です。

夏には、毎週、川へ（②　　　　　　　　　）。

山田さんの奥さんは、山田さんに「月に一度、食事に （③

）」と言いました。

# 天気がよかったものですから

## 22課

形式名詞（２）—— もの

会話 T-45

嫁の涼子さんがお姑さんと話しています。

姑　：涼子さん、お米はといで、30分以上たってから炊くものですよ。

涼　子：そうなんですか。

姑　：それから、どうして布団を干したままで出かけたんですか。夕立でびしょ
濡れじゃないですか。

涼　子：すみません。買い物に出かけるときは天気がよかったものですから。

姑　：私が若いころは、そんな失敗は絶対しなかったものですけどねえ。

涼　子：以後、気をつけます。（まったく、次から次によく小言が出るものだわ……）

### この課で学ぶこと

「もの」には、次のような用法があります。

1. 「当然〜するべき、〜するのが自然」を表す「Ｖ（動詞）の辞書形＋もの」 ▶ 夜は寝るものだ

2. 過去の習慣や経験を表す「Ｖのた形＋もの」 ▶ 若いころは、よく山に登ったものだ

3. 話し手の深い感慨を表す「Ｖの辞書形・た形・ない形＋もの」 ▶ そんなに働いて、よく病気
にならないものだね

4. 言い訳の表現「Ｖのた形＋ものですから」 ▶ 道が込んでいたものですから……

「もん（だ・です）」は「もの（だ・です）」の会話体。くだけた会話で使われる。

## 1 — 30分以上たってから炊くものです

—— 「Vの辞書形＋もの」は「当然〜するべきだ、〜するのが自然だ」を表す

a. 浴衣には下駄を履くものですよ。

b. デザートは食事のあとに食べるものですよ。

c. 日本の家にあがるときは、靴を脱ぐものだ。

d. 先生と話すときは、敬語を使うものです。

e. 映画館では携帯電話の電源を切るものですよ。

浴衣には下駄を履くものですよ。

■夫婦の会話。

真 一：今は男も家事や育児を手伝わなくては
　　　　ならないから大変だよ。　（M）

陽 子：家事や育児は二人でするものなのよ。　（F）

真 一：おーい、スパゲッティーができたよ。　（M）

陽 子：ちょっと待って。

真 一：早くおいでよ。スパゲッティーは茹でたてを食べるものだよ。

## 2 — そんな失敗は絶対にしなかったものです

—— 「Vのた形＋もの」は、過去の習慣や経験を表す

「よく〜もの（だ・です）」という形で使うことが多い。

a. 昔は子供がよく家の仕事を手伝ったものですね。

b. 若いころはテニスやスキーをよくやったものだ。

c. 以前は、こんなにたくさんの人が大学には行か
　　なかったものです。

d. 私が子供のころは、こんなに外食をしなかった
　　もんだよ。　（M）

若いころはテニスやスキーを
よくやったものだ。

■夫婦の会話。昔を思い出しています。

和 夫：今はDVDでいろいろな映画が見られるようになったね。

恵 子：昔は、よく二人でロードショーに行ったものだけどね。

和 夫：新婚のころは、よく靴を磨いてくれたもんだけどなあ。

恵 子：あのころは、あなたもよく「好きだよ」って言ってくれたものよね。　（F）

## 3 次から次によく小言が出るものだわ

―― 「Ｖの辞書形・た形・ない形＋もの」は、話し手の深い感慨を表す

「よく～もの（だ・です）」と使うことが多い。時にはあきれた気持ちの場合もある。

a. 小学生なのに、よく北海道まで一人で行けたものね。（Ｆ）

b. あんなにひどいこと、よく言えたものね。　（Ｆ）

c. こんなに重い石、よく持ち上げられたものだなあ。

d. 大学生のうちに司法試験に合格するなんて、ずいぶん
頑張ったものですね。

こんなに重いもの、よく
持ち上げられたものだなあ。

■大学生同士の会話。

宏　　：きのうのサッカーの試合、絶対に負けると思ったよ。（Ｍ）

健　一：５対０から、よく逆転したものだよな。　（Ｍ）


健　一：小野のやつ、またみんなを笑わせてるよ。

宏　　：よく、ああ次から次へと、冗談が出てくるもんだね。


## 4 天気がよかったものですから

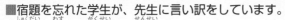

―― 「Ｖのた形＋ものですから」は、言い訳の表現

【遅刻した言い訳】

a. 道を間違えてしまったものですから……。

b. バスがなかなか来なかったもんで……。

c. 急用ができたものですから……。

【招待を断る言い訳】

d. このごろちょっと体調が悪いもんですから……。

e. 別の約束があるものですから……。

すみません。でも、電車が
遅れたものですから。

■宿題を忘れた学生が、先生に言い訳をしています。

先　生：宿題、またしてこなかったのか。　（Ｍ）

ラ　ン：夜遅くまでアルバイトをしていたものですから。

■誘いを断るために言い訳しています。

中　村：一緒に踊っていただけませんか。

上　田：あのう、ダンスは下手なものですから……。

練習1 （　　）の中の動詞を「～もの」の形にしてください。

（例）浴衣に靴はおかしいですね。浴衣には下駄を（ 履く →　履くもの　）ですよ。

（1）子　供：お母さん、ケーキ食べていい？

　　　母　：まだだめよ。デザートは食後に（ 食べる →　　　　　　）よ。

（2）真由美：インターネットで買い物ができるんですって。

　　　恵　子：ずいぶん（ 便利になる →　　　　　　　）ね。

（3）恵　子：今日の夕食は、ファミリーレストランでいいでしょ？

　　　和　夫：うん。でも、以前はこんなに外食を（ しない →　　　　　　）だけどなあ。

（4）山　田：もうボトルが半分になってますね。

　　　木　村：うん、よく（ 飲む →　　　　　　）だなあ。

（5）リンダ：ランさん、きのうのパーティー、どうして来なかったの？

　　　ラ　ン：急に国の友達が（ 遊びに来る →　　　　　　）だから。

練習2 （1）～（8）の「もの」の使い方は、下のa～dのどれと同じですか。（　　　）に記号を書いてください。

（1）あんな人と、よく付き合えるものだね。（　　　）

（2）見直す時間がなかったもので、間違いが多いかもしれません。（　　　）

（3）学生時代は、友達とよく夜遅くまで議論したものだ。（　　　）

（4）子供のころは隣の子とよくケンカしたものです。（　　　）

（5）きのうは会議に欠席して申し訳ありませんでした。熱が高かったもので。（　　　）

（6）ゴミは分別して出すものです。（　　　）

（7）自分では何もしないのに、よくあんな偉そうなことが言えるものだ。（　　　）

（8）料理はいつも女性がするものだなんて思わないでね。（　　　）

---

a．子供は勉強するものです。

b．若いころは、よくみんなでお酒を飲んだものだ。

c．よくこんな映画で泣けるものですねえ。

d．きのう、休んですみませんでした。風邪をひいたものですから。

---

練習3　「～もの」を使って、言い訳を考えてください。

（例）宿題ができなかったとき

→　　　すみません。予習に時間がかかったものですから。

（1）クラスに遅刻してしまったとき

→

（2）連絡しないで会議を欠席したとき

→

（3）デートに誘われたけれど、断りたいとき

→

（4）あなたの大事な車を貸してほしいと友達に頼まれたけれど、断りたいとき

→

（5）パーティーが退屈で、早く帰りたいとき

→

練習4　教授が学生に、母親が子供に、小言を言っています。（1）～（8）は、「～もの」を使って、適当な言葉を書いてください。（9）～（11）には、あなたの国でよく言われる小言を考え、「～もの」を使って書いてください。

【教授の小言】

（1）学生は、一生懸命、勉強を（　　　　　　　　　　）だよ。

（2）学生は、暇があれば、本を（　　　　　　　　　　）だ。

（3）昔の学生は、授業に遅刻など（　　　　　　　　　　）だ。

（4）昔は、学生は先生に敬語を（　　　　　　　　　　）だ。

【母親の小言】

（5）子供は、ゲームばかりしないで、外で（　　　　　　　　　　）ですよ。

（6）子供は、早く寝て、早く（　　　　　　　　　　）ですよ。

（7）昔の子供は、家の仕事をよく（　　　　　　　　　　）ですよ。

（8）昔は、子供は親の言うことをよく（　　　　　　　　　　）よ。

【あなたの国でよく言われる小言】

（9）_____

（10）_____

（11）_____


練習5　　T-50 CDを聞いて、その内容を「もの」を使って書いてください。


（1）【大学教授の愚痴】
　　　昔の学生は_____。


（2）【遅刻した学生の言い訳】
　　　先生、すみません。_____。


（3）【店員の態度に怒る客の気持ち】
　　　店員は客を_____。


（4）【上司に対する部下の気持ち】
　　　水野部長、自分では何もできないくせに、よくあんなに_____

　　　_____。

# 今、コピーしたところです

**23課**

形式名詞（３）── ところ
けいしきめいし

**会話** 🔊 T-51

斉藤部長と武井さんが、明日の会議について話しています。
さいとう ぶ ちょう たけ い あ す かい ぎ はな

部　長：あしたの会議の資料、もうできてる？
しりょう

武　井：はい、今、コピーしたところです。
いま

部　長：そうか。ところで、田中くんから聞いたところによると、売り上げのレポー
たなか き う あ
　　　　トは上田くんがまとめているところらしいね。　（M）
うえ だ

武　井：いいえ。これからまとめるところだと思います。

部　長：これから始めるところか。会議までに間に合わせるように伝えておいて。
はじ おも ま あ つた

武　井：はい、そう伝えます。

## この課で学ぶこと

「ところ」は、もともと「場所」を表す言葉ですが、動詞（Ｖ）のあとにつくと、その動作や行動の
段階を意味します。Ｖが「辞書形」「ている形」「た形」のどれかによって、表す段階が違ってきます。
だんかい いみ じしょけい けい けい ちが

1. その動作や行動の直前であることを表す「Ｖの辞書形＋ところ」▶ ケーキを切るところです
ちょくぜん

2. 今、その動作や行動の最中であることを表す「Ｖのている形＋ところ」▶ ケーキを切ってい
さいちゅう
るところです

3. その動作や行動の直後であることを表す「Ｖのた形＋ところ」▶ ケーキを切ったところです
ちょくご

4. 知識や情報の出どころ（それがどこから出たか）を表す「～ところによると」「～ところでは」
ちしき じょうほう で
▶ 天気予報で聞いたところによると、明日は雨だそうです
てん き よ ほう あめ

## 1 これからまとめるところだと思います

—「Ｖの辞書形＋ところ」。その動作や行動の直前であることを表す

a. これからケーキを**切る**ところです。

b. ゴミを捨てに**行く**ところです。

c. プレゼントを**開ける**ところです。

d. 今ちょうどそちらに**出かける**ところです。

e. その推理小説、これから**読む**ところだから、結末を言わないで。

これからケーキを切るところです。

■会社で。部長と部下が話しています。

部　長：鈴木くん、ちょっといいかな。

鈴　木：すみません。今、**出かける**ところなんです。

鈴　木：部長、先ほどのレポート、読んでいただけたでしょうか。

部　長：いや、これから**読む**ところなんだ。

## 2 上田くんがまとめているところらしいね

—「Ｖている形＋ところ」。今、その動作や行動の最中であることを表す

a. 今、ケーキを**切っている**ところです。

b. 参加者の人数を**確認している**ところです。

c. アンケートを**実施している**ところです。

d. **寝ている**ところを起こされちゃった。

e. 日本では、今、国際貢献について**話し合われて**いるところです。

今、ケーキを切っている
ところです。

■家庭の朝の風景。母と息子、娘が話しています。

恵　子：そろそろ出かけないと、遅れるわよ。　（Ｆ）

健　一：今、スーツに**着替えている**ところだよ。　（Ｍ）

真由美：どうしたの、この暑いのにスーツなんか着て。

健　一：今、就職活動を**している**ところなんだ。

## 3 今、コピーしたところです  T-54
—「Ｖのた形＋ところ」。その動作や行動の直後であることを表す

a. 今、ケーキを**切った**ところです

b. 会議はたった今、**始まった**ところです。

c. 今ちょうどお茶を**いれた**ところなんです。

d. 会社説明会に**行ってきた**ところなんだよ。　（M）

e. 停戦協定が成立し、和平交渉に**入った**ところです。

■会社で、仕事を終えた社員たちが話しています。

上　田：夕食、ご一緒にいかがですか。

武　井：いいですね。ちょうど仕事が**一段落した**ところですから。

上　田：山本さんも誘ってみましょうか。

武　井：ええ、私もそう思って、今**電話した**ところです。

今、ケーキを切ったところです。

## 4 田中くんから聞いたところによると  T-55
—「〜ところによると」「〜ところでは」。知識や情報の出どころ
（それがどこから出たか）を表す

a. 辞書で**調べた**ところでは、そんな訳はありません。

b. 新聞で**読んだ**ところによると、Ａ国で飛行機事故
があったらしい。

c. 厚生労働省が**発表した**ところによると、管理職層
の転職希望が多いとのことです。

d. **調査した**ところによると、このあたりはリゾート
建設には向かないようです。

e. ＣＮＮの**伝える**ところによれば、国連軍が出動す
る模様です。

新聞で読んだところによると……。

■夫婦が、新しくできる駅について話しています。

和　夫：新しい駅ができるようだね。　（M）

恵　子：**聞いた**ところによると、銀座まで直通なんですって。　（F）

和　夫：新聞で**読んだ**ところによると、５年後には駅ビルが建つそうだよ。

恵　子：ここもずいぶん便利になるわね。　（F）

練習1　〔　　　　　〕の中の動詞を①「するところ」、②「しているところ」、③「したところ」
の形にして書き換えてください。「しているところ」を使えないものもあります。
使えないものには×を書いてください。

（1）彼に〔電話する〕。
→　彼に（①　　　　　　　　　　　　　　　　　　　　　　　）。
　　彼に（②　　　　　　　　　　　　　　　　　　　　　　　）。
　　彼に（③　　　　　　　　　　　　　　　　　　　　　　　）。

（2）花が〔咲く〕。
→　花が（①　　　　　　　　　　　　　　　　　　　　　　　）。
　　花が（②　　　　　　　　　　　　　　　　　　　　　　　）。
　　花が（③　　　　　　　　　　　　　　　　　　　　　　　）。

（3）汚れたユニホームを〔洗濯する〕。
→　汚れたユニホームを（①　　　　　　　　　　　　　　　　　　）。
　　汚れたユニホームを（②　　　　　　　　　　　　　　　　　　）。
　　汚れたユニホームを（③　　　　　　　　　　　　　　　　　　）。

（4）テレビで野球中継を〔見る〕。
→　テレビで野球中継を（①　　　　　　　　　　　　　　　　　　）。
　　テレビで野球中継を（②　　　　　　　　　　　　　　　　　　）。
　　テレビで野球中継を（③　　　　　　　　　　　　　　　　　　）。

（5）ローソクの火が〔消える〕。
→　ローソクの火が（①　　　　　　　　　　　　　　　　　　　）。
　　ローソクの火が（②　　　　　　　　　　　　　　　　　　　）。
　　ローソクの火が（③　　　　　　　　　　　　　　　　　　　）。

**練習2** 下の　　の中から適当な動詞を選んで、「～ところ」を使って適当な形にして
ください。

（例）A：卒論、進んでる？

　　　B：ええ、下書きはできたので、これから（　清書するところ　）です。

（1）A：この前、貸したDVD、どうだった？

　　　B：ちょうどこれから（　　　　　　　　　　　　　　）なんだ。

（2）A：部長、今からそちらに伺ってよろしいでしょうか。

　　　B：悪いがあとにしてくれないか。ちょうど（　　　　　　　　　　　　　）なんだ。

（3）A：お風呂、入れる？

　　　B：ええ、ちょうど（　　　　　　　　　　　　　）よ。

（4）A：この前の会議の資料、見つからないんですが……。

　　　B：あ、僕も今ちょうどそれを（　　　　　　　　　　　　　）なんですよ。

（5）A：先頭は今、どの辺ですか。

　　　B：さっき、35キロ地点を（　　　　　　　　　　　　　）です。

（6）【リリーン♪♪、友達から電話がかかってきました。】

　　　A：もしもし。あ、ごめん。今、天ぷらを（　　　　　　　　　　　　　）なので、

　　　またあとで、こちらから電話するね。

（7）A：遅くなってごめんなさい。

　　　B：大丈夫だよ。僕も今（　　　　　　　　　　　　　）だから。

（8）【隣の部屋のステレオの音がうるさいです。】

　　　A：すみません。今、赤ん坊が（　　　　　　　　　　　　　）なので、もう少し音
　　　を小さくしていただけませんか。

（9）A：ここ空いていますか。

　　　B：今、友達が売店に（　　　　　　　　　　　　　）なので……。

（10）A：駅のそばに新しいスーパーができるみたいね。

　　　B：うん。新聞で（　　　　　　　　　　　　　）によると、駅ビルも建つそうだよ。

| 通過する | わく | 探す | 清書する(例) | 出かける | 読む |
|---|---|---|---|---|---|
| 見る | あげる | 来る | 行く | 寝る | 起きる |

「～ところ」を使って文を完成させてください。

（例）あなたが昼ご飯を食べに行こうとしたら、友達が来ました。一緒に食べに行くように、誘ってください。

→ 今から（　昼ご飯を食べに行くところなんだけど　）、一緒に行かない？

（1）あなたは宿題をしています。友達が買い物に一緒に行こうと、誘いに来ました。理由を言って、断ってください。

→ 今（　　　　　　　　　　　　　　　　　）、またこんどね。

（2）家を出ようとしたら、セールスマンが来ました。断ってください。

→ これから（　　　　　　　　　　　　　　　　　）、結構です。

（3）3分前に山田さんは会社を出て、家へ帰りました。山田さんの友達が山田さんに会いに来ました。今なら、山田さんに駅で会えるかもしれません。

→ 山田さんは少し前に（　　　　　　　　　　　　　　　）、今なら駅で会えると思いますよ。

（4）先ほど、あなたは部長に、資料をコピーするように頼まれました。でも、まだしていません。部長が「資料のコピーしてくれた？」と聞いています。答えてください。

→ すみません。これから（　　　　　　　　　　　　　　　）。

（5）あなたはニュースのアナウンサーです。「小中学校の学習時間を見直す」と文部科学省が発表したことについて、報道してください。

→ 文部科学省が（　　　　　　　　　　　　　　　）、小中学校の学習時間が見直されることになりました。

練習4　🏃 T-56　マラソンの実況中継で、レポーターが状況を伝えています。(1)~(5)
のそれぞれの絵で、森選手はどれでしょうか。a~cから選んで、(　　)に○
を書いてください。

(1)

a (　　)

c (　　)

b (　　)

(2)

c (　　)

b (　　)

a (　　)

(3)

b (　　)

a (　　)

c (　　)

(4)

a (　　)

b (　　)

c (　　)

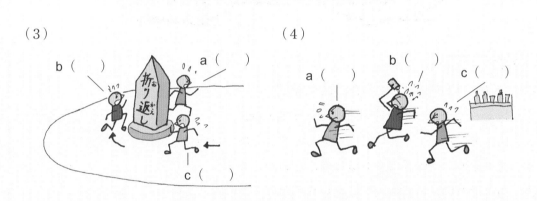

(5)

c (　　)

b (　　)

a (　　)

<small>23課｜今、コピーしたところです ● 065</small>

# 今、迷っているというわけです

**24課** 形式名詞（4）—— わけ
（いま まよ）（けいしきめいし）

**会話** 🔊 T-57

木村さんが、部下の山田さんと転勤について話しています。
（きむら）（ぶか）（やまだ）（てんきん）（はな）

木　村：ベトナムへの転勤を断ったそうですねえ。
　　　　　　　　　　　　　（ことわ）

山　田：断ったというわけではないんです。実は、家内に子供ができまして……。
　　　　　　　　　　　　　　　　　　　（じつ）（かない）（こども）

木　村：どうりで転勤に乗り気になれないわけですね。
　　　　　　　　　（の き）

山　田：それに、まだ国内でしたい仕事がいろいろあるし……。
　　　　　　　　　（こくない）（しごと）

木　村：でも、正式に転勤を言い渡されたら、断るわけにはいかないでしょう。
　　　　　　　（せいしき）（い わた）

山　田：それで、どうしたらいいか、今、迷っているというわけです。
　　　　　　　　　　　　　　　　（いま）（まよ）

## この課で学ぶこと

形式名詞の「わけ」は、「～というわけだ」「～わけだ」「～わけではない」「～わけにはいかない」
などの形で使われます。
1. そういう結果に行き着いた経緯を表す「～というわけだ」▶ 両親に反対されましたが、なん
　　（けっか）（い つ）（けいい）（あらわ）　　　　　　　　（りょうしん）（はんたい）
　とか結婚にこぎつけたというわけです
　　（けっこん）
2. そうなるのが当然だという意味を表す「～わけだ」▶ どうりで、おいしいわけだ
　　　　　　　　（とうぜん）（いみ）（あらわ）
3.「～ではない」よりも弱い否定を表す「～わけではない」▶ 嫌いというわけではない
　　　　　　　　　　　（よわ）（ひてい）　　　　　　　　　　（きら）
4. 何か事情があってできないということを表す「～わけにはいかない」▶ そんな条件を認める
　　（なに）（じじょう）　　　　　　　　　　　　　　　　　　　　　（じょうけん）（みと）
　わけにはいかない

## 1 今、迷っているというわけです
── 「〜というわけだ」。そういう結果に行き着いた経緯を表す

a. 毎月連載していたコラムが本になったというわけです。
b. 友達がいつのまにか夫婦になったというわけですね。
c. 日本語を勉強しているうちに、どうしても日本に行きたくなったというわけです。
d. 断りきれなかったので、仕事を引き受けたというわけです。

毎月連載していたコラムが
本になったというわけです。

■仕事を選んだ理由を話しています。

笠 原：大学時代から通訳のアルバイトをしていて……。
上 田：それが本業になったというわけですね。

鳥 井：子供のころから外国へ行く仕事がしたかったんです。
上 田：それで、国際線の客室乗務員になったというわけですね。

## 2 どうりで乗り気になれないわけですね
── 「〜わけだ」。そうなるのが当然だという意味を表す

「〜はずだ」で言い換えられることが多い。

a. あの人は帰国子女だから、あんなに英語が上手なわけですね。
b. このレストランのシェフはフランスで修業したので、おいしいわけです。
c. 昼食を抜いたのだから、おなかがすくわけだ。
d. 明るいわけだ。もう10時だもの。
e. どうりで寒いわけだ。エアコンの設定温度が18度だもの。

明るいわけだ。もう10時だもの。

■仕事帰りに話しています。

鈴 木：中村さんはいつも遅刻しますからねえ。
山 田：それで、出世が遅いわけですね。

鈴 木：また地価が上がりましたね。
山 田：いつまでたっても一戸建てが買えないわけですよ。

## 3 断ったというわけではないんです

—— 「〜わけではない」。「〜ではない」よりも弱い否定を表す

あいまいな気持ちが含まれている。

a. お酒が飲めないわけではないんです。

b. あなたが嫌いなわけではありません。

c. 彼に会いに行ったというわけではないんです。

d. この仕事を本当にやりたかったわけではありません。

e. 義理チョコというわけではないわよ。　（Ｆ）

ベジタリアンというわけでは
ないんだけど……。

■飛行機の中で、乗客が話しています。

鈴　木：ベジタリアン用の機内食はないんですか。

客室乗務員：申し訳ありません。ないわけではないんですが、もう全部出てしまったんです。

上　田：お肉、召し上がらないんですか。

鈴　木：ベジタリアンというわけではないんだけど……。


## 4 断るわけにはいかないでしょう
—— 「〜わけにはいかない」。何か事情があってできないということを表す

「〜べきではない」という意味もある。

a. みんなが賛成しているのに、一人だけ反対する
わけにはいかないからね。

b. もう飲んでしまったんで、運転するわけにはい
きませんよ。

c. 先約を断るわけにはいきませんので……。

d. 彼女が作った料理を食べないわけにはいかない。

一人だけ反対するわけには
いかないよ。

■家庭で、妻が夫に話しています。

恵　子：結婚記念日くらい、早く帰ってきてくれればいいのに……。

和　夫：みんなが残業しているのに、一人だけ早く帰るわけにはいかないから。

恵　子：お中元、こんなにたくさんの方に贈るの。

和　夫：うん。やっぱり贈らないわけにはいかないんだ。

# 24課　ドリル

**練習1**　下の □ の中から適当な言葉を選んで、（　　　）に書いてください。

花　子：どうしてお見合いを断ったんですか。

真理子：相手の人が嫌いという（① 　　　　　　　　　　　　）んです。

花　子：じゃ、どうして。

真理子：仕事がおもしろくなってきたところなので……。

花　子：じゃ、一生結婚しないという（② 　　　　　　　　）ですか。

真理子：いいえ、そういう（③ 　　　　　　　　）んですが、まだしばらく

　　　　は一人でいたいんです。

花　子：じゃ、お見合いしなければよかったのに。

真理子：上司の紹介だったんで、断る（④ 　　　　　　　　　）んです。

花　子：それで、お見合いすることにした（⑤ 　　　　　　　　　　）ですね。

```
わけにはいかなかった　　わけ　　わけではない
```

**練習2**　（　　　　）の中の動詞を適当な形にして、「～わけ」を使って書いてください。

（例）A：どうしても断れなくてね。

　　　B：それで、仕事を（ 引き受ける → 　引き受けたというわけ 　）ですね。

（1）A：写真は子供のころから好きだったんです。

　　　B：それが今では（ 職業になる → 　　　　　　　　　）ですね。

（2）A：モンゴルの文化にずっと憧れていたんです。

　　　B：それで、モンゴル語を一生懸命（ 勉強する → 　　　　　　　　　）だね。

（3）A：実はほかに好きな人がいるの。

　　　B：だからこのお見合いに（ 乗り気になれない → 　　　　　　　　　）ね。

（4）A：じゃあ、この方針に反対なんですね。

　　　B：いや、（ 反対ではない → 　　　　　　　　　）のですが。

（5）A：ゆっくり休養したほうがいいよ。

　　　B：でも、サラリーマンがそんなに長く（ 休めない → 　　　　　　　　　）

　　　　からね。

（6）A：どうして日本に留学されたんですか。

B：日本語を勉強しているうちに、どうしても日本で（暮らしてみたくなる →

）です。

（7）A：そんなに私のことが嫌いなのね。

B：それは誤解だよ。君が（嫌いではない →　　　　　　　　）んだ。

（8）A：外を見て！雪が降ってる！

B：どうりで、（寒い →　　　　　　　　）だ。

（9）A：本当のことを言うべきではないでしょうか。

B：でも、今、本人にガンだと（言えない →　　　　　　　　）。

（10）A：Bさんはベジタリアンなんですか。

B：いや、（そうではない →　　　　　　　　）んです。ただ、肉と魚が

嫌いなだけです。


練習3　「わけ」を使って、次の会話を完成させてください。

（1）A：毎日ピアノの練習しているんですか。どうりで（①　　　　　　　　）。

B：いえいえ、ただ好きなだけですよ。別にこれからピアニストになろうという

（②　　　　　　　　）。

（2）A：キムさんは納豆が嫌いなんだってね。

B：ええ、でも、まったく食べられない（　　　　　　　　）。自分で

買おうとは思わないですけどね。

（3）母：松坂投手は子供のころからの夢だった大リーグの選手に（①

）。努力すれば、夢はかなうのよね。あなたも頑張りなさい。

子：お母さん、単純だな。努力したからといって（②　　　　　　　　）。

運だってあるんだから。

（4）A：せっかくチケットを取ったのに、コンサートに行けないの？　私とは行きたく

ないってこと？

B：（　　　　　　　　）、行けないんだ。急に出張になってしまったんだ。

（5）妻：だるそうね。風邪がひどくなるといけないから、今日は、会社、休んだら？

夫：大切な会議があるから、風邪だからといって、（　　　　　　　　）。

練習4　🔁 T-62　家族それぞれの話を聞いて、「わけにはいかない」を使って、文を
作ってください。

（例）〔出張〕
　　　行きたくなくても、　出張しないわけにはいかないんです　。

（1）①〔残業〕
　　　早く帰りたくても、＿＿＿＿＿＿＿＿＿＿＿＿＿＿＿＿＿＿＿＿＿＿。
　　②〔ゴルフ〕
　　　日曜だけれど、＿＿＿＿＿＿＿＿＿＿＿＿＿＿＿＿＿＿＿＿＿＿＿＿。

（2）①〔家事〕
　　　疲れていても、＿＿＿＿＿＿＿＿＿＿＿＿＿＿＿＿＿＿＿＿＿＿＿＿。
　　②〔寝る〕
　　　風邪をひいても、＿＿＿＿＿＿＿＿＿＿＿＿＿＿＿＿＿＿＿＿＿＿＿。

（3）①〔アルバイト〕
　　　海外旅行に行きたいから、＿＿＿＿＿＿＿＿＿＿＿＿＿＿＿＿＿＿＿。
　　②〔卒論〕
　　　卒業したいので、＿＿＿＿＿＿＿＿＿＿＿＿＿＿＿＿＿＿＿＿＿＿＿。

（4）①〔お手伝い〕
　　　母が怒るから、＿＿＿＿＿＿＿＿＿＿＿＿＿＿＿＿＿＿＿＿＿＿＿＿。
　　②〔学校〕
　　　とても眠いけれど、＿＿＿＿＿＿＿＿＿＿＿＿＿＿＿＿＿＿＿＿＿＿。

# もっと頑張ったほうがいいですよ

**25課**

形式名詞（5）── ほう

**会話** 🎧 T-63

ジョンさんが坂本先生と日本語能力試験について話しています。

坂　本：勉強のほうは進んでいますか。

ジョン：ええ、少しずつですが……。

坂　本：ジョンさんは、「文法」と「聴解」と、どちらが苦手ですか。

ジョン：「聴解」のほうが苦手です。

坂　本：1級の試験に受かるためには、もっと頑張ったほうがいいですよ。

ジョン：はい。頑張ります。

## この課で学ぶこと

「ほう」は、もともと「方面、方向」を表す言葉ですが、形式名詞として使われる場合は次のような用法があります。

1. 範囲を表す「ほう」 ▶ スポーツのほうは、まったくダメです
2. 比較を表す「ほう」 ▶ この服よりあの服のほうが上品だ
3. アドバイスの表現「Ｖ（動詞）のた形＋ほうがいい」 ▶ そんな会社、やめたほうがいい

## 1　勉強のほうは進んでいますか T-64
### ──範囲や分野を表す「ほう」

a. 横浜のほうに支店があります。

b. 文系は得意なんですが、理系のほうはどうも……。

c. 専門は、法学といっても、経済に近いほうなんです。

d. 仕事のほうは順調ですか。

e. 修理のほうをお願いしたいんですけど……。

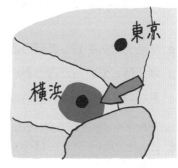

横浜のほうに支店があります。

■スポーツについて話しています。

健　一：スポーツは得意なほう？

　宏　：走るほうは得意だけど、泳ぐほうは苦手なんだ。

健　一：僕はスポーツはもっぱら見るほうで、やるほうは苦手だな。

　宏　：上手じゃなくても、けっこう楽しいよ。


## 2　「聴解」のほうが苦手です T-65
### ──比較を表す「ほう」

名詞だけでなく、Ｖの辞書形、形容詞にも使う。

a. 洋室より和室のほうがくつろぐわ。　（Ｆ）

b. やっぱり電車で通うより、車で通うほうが楽だな。（Ｍ）

c. 「大は小をかねる」で、小さいよりも大きいほう
　がいいんじゃないですか。

d. ここに掛けるなら、油絵のほうが合うと思うよ。

e. 僕は天ぷらよりうなぎのほうがいいな。　（Ｍ）

■不動産屋で、客と店員が話しています。

　　客　：このアパートは日当たりが悪いですね。

不動産屋：いや、東京では、日が当たるほうですよ。

不動産屋：ではあちらのマンションはいかがですか。

　　客　：あっちのほうがいいけど、家賃が高すぎ
　　　　　ます。

洋室より和室のほうがくつろぐわ。

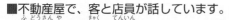

## 3 もっと頑張ったほうがいいですよ

——アドバイスの表現「Ｖのた形＋ほうがいい」

否定形でも使う。否定形の場合は、「〜ないほうがいい」の形。

a. ファックスを買ったほうがいいんじゃない。

b. 傘、持っていったほうがいいんじゃない。

c. 激しい運動はしないほうがいいんじゃありませんか。

d. こんどのパーティーは中止にしたほうがよさそうですよ。

e. 今日はもう遅いので、仕事を切り上げたほうがよさそうですね。

傘、持ってったほうが
いいんじゃない。

■デートについてアドバイスしてもらっています。

リンダ：宏さんにドライブに誘われたんですけど……。

良　子：行きたくなかったら、そう言ったほうがいいですよ。

リンダ：でも、日本ではあまりはっきり断らないほうがいいんでしょう？

良　子：そうですが、この場合はちゃんと断ったほうがいいですよ。

練習1 （　　　　）の中の言葉を「〜ほう」の形にしてください。

（例）A：お住まいはどちらですか。

　　　B：（ 横浜 → 横浜のほう　 ）です。

（1）A：（ 専門の勉強 →　　　　　　　　　　　　 ）は進んでいますか。

　　　B：ええ。今、実験でとても忙しいです。

（2）A：洋食と和食と、どちらが好きですか。

　　　B：（ 和食 →　　　　　　　　　　　 ）が好きです。

（3）A：雨が降りそうだね。

　　　B：（ 傘を持っていく →　　　　　　　　　　　 ）がいいようだね。

（4）A：道路が込んでいるようですね。

　　　B：やっぱり車より（ 地下鉄 →　　　　　　　　　　 ）が早そうですね。

（5）A：最近、太ってきちゃったみたいなんだ。

　　　B：もっと（ 運動する →　　　　　　　　　　　 ）がいいですよ。

練習2 下の □ の中から適当な動詞を選んで、適当な形にしてください。

（1）遅いから、今日はもう（　　　　　　　　　）ほうがよさそうだ。

（2）便利だから、ＤＶＤを（　　　　　　　　　）ほうがいいよ。

（3）ダイエットしているなら、甘いお菓子は（　　　　　　　　　）ほうがいいと思うわ。

（4）嫌なときは、はっきり（　　　　　　　　　）ほうがいいですよ。

（5）風邪をひいているときは、たばこを（　　　　　　　　　）ほうがいいですよ。

| 吸う 　 断る 　 飲む 　 帰る |
| 終わる 　 食べる 　 買う |

Aさんの質問に、「～ほう」を使って答えてください。

（例）A：日本では、高校生と大学生では、どちらが勉強時間が長いと思いますか。
　　　B：　それは、高校生のほうでしょうね。受験勉強がありますから。


（1）A：和室と洋室、どちらがくつろぎますか。
　　　B：_____

（2）A：イタリアンと中華、どちらのレストランに入りましょうか。
　　　B：_____

（3）A：日本語の勉強で、文法と聴解とどちらが得意ですか。
　　　B：_____

（4）A：大阪と横浜では、どちらが人口が多いと思いますか。
　　　B：_____

（5）A：ご両親のどちらに似ていますか。
　　　B：_____

（6）A：道路が渋滞していますね。歩いても20分ぐらいですが、バスで行きますか。どちらが早いでしょうね。
　　　B：_____

（7）A：彼女は性格がいいけど美人ではない。顔と性格、あなたはどちらが大事ですか。
　　　B：_____

**練習4** ディベートです。賛成派と反対派に分かれて意見を言い、相手の考え方を変えさせたほうが勝ちです。(1)(2)のテーマについて、賛成・反対それぞれの意見を書いてください。

(1) 原子力発電

今、あなたの家の近くに原子力発電所を作ろうという計画があります。あなたはこの計画に賛成ですか、それとも反対ですか。それはどうしてですか。

(例) 賛成： 私は賛成です。生活は便利なほうが絶対にいいと思います。

反対： 私は絶対、反対です。いくら便利でも、事故がないほうがいいからです。

賛成： _____

_____

反対： _____

_____

(2) 終身雇用制

あなたは就職先を探しています。両親は「終身雇用制」の会社に入れと言っていますが、あなたは賛成ですか、反対ですか。それはどうしてですか。

(例) 賛成： 私は賛成です。私は、定年まで長く勤めたほうが、いいと思います。

反対： 私は反対です。その会社に合わなければ、すぐに転職したほうがいいと思います。

賛成： _____

_____

反対： _____

_____

▶ ほかにもいろいろなテーマでディベートをしてみましょう。

受験戦争、猫より犬のほうがいい、家事の分担、リゾート開発、など

練習5　⚓ T-67 CDを聞いて、その内容を下の □ の中の言葉を使って書き換えて
　　　　　ください。

（1）タクシーより（　　　　　　　　　　　　　）早く着きますよ。

（2）これは重要な書類なので、人に（　　　　　　　　　　　　　　　）いきません。

（3）若いころはたくさんお酒を（　　　　　　　　　　　　　　）。

（4）私は、トウキョウホテルに（　　　　　　　　　　　　　）があります。

（5）3時間しか寝ていないのだから（　　　　　　　　　　　　）。

（6）あんな小さい力士がよく（　　　　　　　　　　　　　）。

（7）結婚したら女性が名字を（　　　　　　　　　　　　　）という考えは、最近
　　　はなくなってきています。

（8）夕飯は、だいたい家で食べますが、外で（　　　　　　　　　　　　　　）。

（9）授業中は携帯電話の電源は（　　　　　　　　　　　）。

（10）友達が遊びに来た（　　　　　　　　　　　）、宿題ができませんでした。

（11）肉が嫌いという（　　　　　　　　　　　）、今日はさっぱりしたものが食
　　　べたいなあ。

（12）キムさんは、電話で、予約を（　　　　　　　　　　　　）。

| こと　　もの　　ところ　　わけ　　ほう |
| --- |

# ソウルに寄って、それからバンコクに行きます

**26課**

接続詞・接続句（1）—— 順接

**会話** T-68

上田さんが、旅行会社で担当者と話しています。

担当者：どんなところをご希望ですか。

上　田：海がきれいなところ。それに食べ物がおいしいところがいいですね。

担当者：では、タイのツアーはいかがですか。海も空も青くて、食べ物もおいしい
　　　　ですよ。その上、タイシルクなど、お買い物も楽しめます。しかも、今、5％
　　　　割引期間中なんです。

上　田：いいですね。飛行機は直行便ですか。

担当者：いえ、一度、ソウルに寄って、それからバンコクに行きます。

## この課で学ぶこと

文と文をつなぐ言葉「接続詞」には、いろいろな種類があります。そのうち、前の文に、後ろの
文を付け足していくものを「順接」の接続詞といいます。「そして」「そうして」「かつ」「～上に」
「さらに」「なお」などがありますが、この課では次の4つを取り上げます。

1. 次々と付け足していく接続詞「それから」
2. 「それに加えて」という意味で、付け足していく接続詞「その上」
3. 同じようなものを付け足していく接続詞「それに」
4. 前に述べた事柄に、別の事柄を加える接続詞「しかも」

## 1 ソウルに寄って、それからバンコクに行きます
—次々と付け足していく接続詞

a. まずビールで乾杯して、それから食事にしましょう。
b. まず、小麦粉を水でときます。それから卵を二つ
　入れてください。
c. 最初に君が説明してくれませんか。それから私が
　追加説明をします。
d. 新郎新婦が誓いの言葉を言い、それから指輪を交
　換します。

映画を見て、それから
食事でもどうですか。

■デートに誘っています。

健　一：あのう、こんどの日曜日、空いていますか。
良　子：ええ、特に、予定はありませんけど。
健　一：じゃ、映画を見て、それから食事でもどうですか。
　　　　おいしいインド料理の店を知っているんです。


## 2 その上、お買い物も楽しめます
—「それに加えて」という意味で、付け足していく接続詞

a. 彼女は歌が上手で、その上ピアノも弾けるんです。
b. 長野の別荘は水がおいしく、その上バードウオッ
　チングもできるんです。
c. 彼はフランス語がぺらぺらで、その上、韓国語も
　話せるんだそうですよ。
d. 彼は会社の役員で、その上NPO法人の代表もし
　ているんです。

駅から近いし、その上、
エアコンまでついていますよ。

■不動産屋で話しています。

不動産屋：このアパートは掘り出し物ですよ。駅から
　　　　　徒歩5分、礼金なし。その上、エアコンま
　　　　　でついているんだから。

　　客　：じゃあ、ここに決めます。

## 3 それに食べ物がおいしいところがいい
——同じようなものを付け足していく接続詞 〔T-71〕

a. 彼って優しくて、それに頭もいいんです。
b. ケーキとチーズ、それにワインも忘れないで
買ってきてね。
c. 温泉があって、それにスキーもできるところ
がいいんですけど……。
d. 東京は物価も高いし、それに緑も少ないので
住みたくありません。

疲れているし、それにお金もないんだ。

■レストランについて話しています。

鈴　木：駅の近くのレストラン、どうでしたか。
木　村：安くておいしいし、それに雰囲気もよかったですよ。

鈴　木：駅の近くのレストランに行ってみない？
山　田：今日はやめとくよ。疲れているし、それにお金もないんだ。またこんど。　　（M）


## 4 しかも、今、5％割引期間中なんです 〔T-72〕
——前に述べた事柄に、別の事柄を加える接続詞

a. あの先生の講義は内容が高度で、しかもわかりや
すいんです。
b. 僕の彼女は、一流会社に勤めているし、しかも
性格も優しいんです。
c. あの歌手は声がよく、しかも作曲もできるんです。
d. 沖縄の海はサンゴ礁が美しく、しかも熱帯魚の
種類も多いですよ。

一流会社に勤めているし、
しかも性格も優しいんです。

■お見合いを勧めています。

岡　田：この人に会ってみない？ 一流会社に勤め
ているし、しかも性格も優しいんですよ。
赤　井：しばらくは仕事に集中したいのですが……。

## 26課　ドリル

**練習1**（　　　　）の中から最も適当な表現を選んでください。

（1）まずホテルにチェックインして、（ しかも・それから・その上 ）市内見物に出かけましょう。

（2）あのレストランは、安くておいしいし、（ それから・それに・そして ）メニューが豊富なんですよ。

（3）今なら10%引き、（ そして・それから・しかも ）無料で配達します。

（4）このパソコンは小さくて便利だ。（ それから・その上・かつ ）テレビも見られるんだよ。

（5）風が強くなってきた（ それから・その上・上に ）、雨まで降ってきた。

（6）先月、父が入院してその世話がとても大変なんですが、（ そうして・その上・それから ）こんどは母まで病気になってしまって……。

（7）いつも会社の帰りに買い物をして、家に帰って、（ その上・しかも・それから ）夕食の支度をしています。

（8）今日は疲れていて眠いし、（ そして・それから・それに ）金もないから、まっすぐ家に帰るよ。

（9）一流会社に勤めていて、優しくて、（ それから・しかも・そうして ）ハンサムな人となら結婚してもいいわ。

（10）わざわざ遠くからお出かけいただいた（
いただいて、本当にありがとうございま

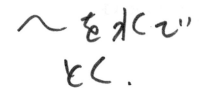

082

**練習2**　〔　　　　　〕の中の言葉を順番に使って、適当な形にして、質問に答えてください。

（１）店　員：　どんなテレビをお探しですか。

　　　　客　：　_____

　　　　　　　　_____のがいいんですが……。

　　　　〔　画面が大きい・衛星放送が見られる・それに・値段が安い　〕

（２）健　一：　旅行の予定はもう決まったの？

　　　　良　子：　ええ。_____

　　　　　　　　_____つもりよ。

　　　　〔　ルーブル美術館を見る・買い物をする・それから・イギリスへ行く・２週間
　　　　英語の勉強をする　〕

（３）課　長：　君、また遅刻ですか。

　　　　佐　藤：　すみません。_____

　　　　　　　　_____ものですから。

　　　　〔　道路が渋滞している・上に・衝突事故がある　〕

（４）花　子：　どんな会社に勤めたいの？

　　　　明　美：　そうね。_____

　　　　　　　　_____会社がいいな。

　　　　〔　給料がいい・休みが多い・仕事が楽・しかも・勤務時間が短い　〕

（５）佐　藤：　木村さんはスポーツがお好きですか。

　　　　木　村：　ええ、好きですよ。_____

　　　　　　　　_____をします。

　　　　〔　テニス・ゴルフ・それから・冬はスキー　〕

練習3 それぞれの絵の前後に続く内容を考え、文を完成させてください。

（例）

朝寝坊をして電車に乗り遅れ、
その上宿題を忘れて先生に叱られた。

（1）

電車の中で隣の女の人に足を踏まれ、
しかも＿＿＿＿＿＿＿＿＿＿＿。

（2）

ハイキングに行ったら道に迷ってしまい、しかも＿＿＿＿＿＿＿＿＿＿。

（3）

財布をどこかに落としてしまい、
その上＿＿＿＿＿＿＿＿＿＿。

（4）

＿＿＿＿＿＿＿＿＿＿＿＿＿＿＿＿。
その上、道で転んでしまった。

（5）

＿＿＿＿＿＿＿＿＿＿＿＿＿＿＿＿。
それに、雨にも降られた。

練習4 ⊘ T-73 CDを聞いて、(1)～(3) の質問に答えてください。そのあと、(4)
の質問にも答えてください。

（1）日本にはどんなきれいなところがありますか。5カ所以上書いてください。
_____
_____

（2）日本にはどうして温泉がたくさんありますか。
_____

（3）東京ではどんなことができますか。
_____

（4）旅行を計画している日本人に「あなたの国はどんなところですか」と聞かれました。
CDのように、あなたの国のいいところをたくさん紹介して、ぜひあなたの国を旅
行するように勧めてください。

ぜひ、私の国、_____へ来てください。
_____。
そして、_____。
それに、_____。
しかも、_____。
また、_____。
それから、_____。
ぜひ、私の国を旅行してください。

# 27課 それはそうなんですけど…

接続詞・接続句（2）── 逆接ほか
せつぞくし せつぞくく ぎゃくせつ

**会話** T-74

海外赴任から帰った野上さんが、家について不満を言っています。
かいがいふにん かえ のがみ いえ ふまん い

野 　上：部屋が狭くて、困っているんですよ。
　　　　 へ や せま こま

木 　村：しかし、交通の便はいいし、静かだし、いい環境じゃないですか。
き むら　　　　　 こうつう べん　　　 しず　　　　 かんきょう

野 　上：ですが、お客を泊めることもできないんですよ。
　　　　　　　 きゃく と

木 　村：でも、それはお宅だけのことじゃありませんよ。
　　　　　　　　　　 たく

野 　上：それはそうなんですけど、狭いのには我慢できないんです。
　　　　　　　　　　　　　　　　　　 せま　　　　　 がまん

木 　村：そうですか。きっと海外でのゆったりした暮らしに慣れてしまったからでしょうね。
　　　　　　　　　　　　　　　　　　　　　　　　　　 く　　 な

## この課で学ぶこと

逆接の接続詞には、前に言ったことと反対の事柄が続きます。「だけど」「けれども」「ところが」「に
もかかわらず」「それにしても」「くせに」「といって」「それなのに」などがありますが、この課
では次の４つを取り上げます。
つぎ と

　1. 書き言葉に多く使われる「しかし」。話し言葉では「ですが」「でも」になる
　　 か ことば おお つか　　　　　 はな

　2. 話し言葉でよく使われる「ですが」。前の文体が「です」「ます」で終わるていねいな表現の
　　 　　　　　　　　　　　　　　 まえ ぶんたい　　　　　　　　 お　　　　 ひょうげん
　　 ときに使う

　3. 話し言葉でよく使われる「でも」。話し相手が親しい場合や年下の場合などに使う
　　 　　　　　　　　　　　　　　 あいて した ばあい としした ばあい

　4. 話し言葉でよく使われる「ですけど」。「～だけど」「～ですけど」は、文体によって使い分ける
　　 　　　　　　　　　　　　　　　　　　　　　　　　　　　　　　　　　 わ

## 1 しかし、交通の便はいいし……  🎧 T-75
### ──書き言葉に多く使われる

話し言葉では「ですが」「でも」になることが多い。

a. 地震で断水して給水車はすぐに来てくれた。

　しかし、ガスも電気も復旧の見込みは立っていない。

b. 日本人は戦争責任問題は済んだと思っています。

　しかし、中国や韓国の人たちはそうは思っていま

せんよ。

しかし、その議論の前提は
間違っていますよ。

■原発について話しています。

河　野：これらの点から、私は原発建設に賛成ですよ。

村　山：しかし、その議論の前提は間違っていますよ。

■和室について話しています。

健　一：畳の部屋って便利ですよ。ダイニングルームにもリビングルームにも、

　　　　ベッドルームにもなるんですから……。

ラ　ン：しかし、足が痛くならないですか。

## 2 ですが、お客を泊めることもできないんですよ 🎧 T-76
### ──話し言葉でよく使われる

前の文体が「です」「ます」で終わるていねいな表現のときに使う。

a. 水俣病は過去のことのように思われています。

　ですが、水俣病の裁判はまだ終わっていないんですよ。

b. 校則では、ワイシャツは白と決まっています。

　ですが、少しは僕たちの自由も認めてください。

■会社で、同僚同士が話しています。

鈴　木：中村さんも残業お願いしますよ。

中　村：ですが、僕は家庭が大事ですから。

ですが、僕は家庭が大事ですから。

鈴　木：正月休みに、わざわざ海外に行くなんて、高いのに……。

中　村：それはそうですが、この時期しか休みがとれないんですよ。

## 3 でも、それはお宅だけのことじゃありません
── 話し言葉でよく使われる

**話し相手が親しい場合や年下の場合などに使う。**

a. 社長の話は、いつも長くて困る。でも、社員は
  みんなおもしろいと言っている。

b. この店のオムレツは、おいしいと評判だ。でも、
  僕はアレルギーがあるから、卵は食べられない。

■学校の図書館で話しています。

隆　　：このレポートあしたまでだから、今日はも
　　　　う帰ろうよ。

真由美：でも、あしたはテストがあるから、書き終
　　　　えてから帰るね。

でも、あしたはテストがあるから、
書き終えてから帰るね。

■会社で、昼休みに話しています。

鈴　木：今日のお昼は、課長がごちそうしてくれるそうですよ。

山　田：でも、課長と行くと、いつもあそこのおそば屋さんだからなあ……。

## 4 それはそうなんですけど、狭いのには我慢できないんです
── 話し言葉でよく使われる

「～だけど」「～ですけど」は、文体によって使い分ける。

a. 最近は、海外から安い野菜がたくさん輸入されている。
  だけど、輸入に頼っていると、いざというとき困るよ。

b. 駐車場で遊ぶのは危ないとわかっています。ですけど、
  子供たちの遊ぶ場所がないから、仕方ないんですよ。

■家庭で、母親が大学生の息子に話しています。

恵　子：そんな格好して学校に行くの？

健　一：だけど、みんなこういう格好なんだよ。

だけど、みんなこういう
格好なんだよ。

■パーティーの会場を探しています。

佐　藤：出版記念パーティーはトウキョウホテルにしたら、どうでしょう。

木　村：ですけど、あそこは駅から少し遠すぎませんか。

## ※その他の例

### 【逆接・対立】
前の文と後ろの文が反対のことを述べていたり、対立する関係だったりする。

・景色はよかったんですが、寒すぎて……。
・お言葉ですが、私にはとても賛成しかねます。
・いろいろ説得したが、承諾してもらえなかった。
・けれども、日本では入場料が高くて、コンサートにもなかなか行けないんですよ。
・ところが、彼はその後まったく姿を見せないんです。
・遠方にもかかわらず、たくさんの方々においでいただき、ありがとうございました。
・それにしても、この本の値段は高すぎませんか。
・人には命令ばかりするくせに、自分では何もしないのよ。　（F）
・憲法第9条があるからといって、軍隊がないわけではない。

### 【話題の提示・話の前置き】
話題を変えたりするときや、自分が話したい事柄の前に置く言葉として使う。

・しかし、彼もタフですね。
・しかし、ここのところぐっと寒くなりましたね。
・狭いところですが、どうぞごゆっくり。
・中村と申しますが、山田さんいらっしゃいますか。
・留学したいんだけど、どこの大学がいいかなあ。
・きのう買ったセーターなんですけど、取り替えられませんか。

### 【言いさし】
日本語では断りの表現や依頼の表現を相手に察してもらう「言いさし表現」を使うことで、全部言う
より控えめでていねいな表現になる。

・あのう、ちょっと寒いんですけど……（窓を閉めていただけませんか）。
・先生にご相談したいことがあるんですけど……（よろしいでしょうか）。
・こんどの会議は水曜日にしたいんですけど……（ご都合はいかがですか）。
・すみません。この車両は禁煙なんですが……（ここではたばこを吸わないでください）。
・あのう、その傘、私のなんですが……（間違っていませんか）。
・東京に転勤を希望しているんですが……（なかなか転勤できないんです）。

練習1　適当な応答を右から選んで、線で結んでください。

（1）そんな格好して学校へ行くの？・　　・a．ですが、僕たちの自由も認めてくだい。

（2）校則でYシャツは白と決まってる。・　　・b．しかし、足が痛くならないですか。

（3）山中湖はよかったですね。　　　　・　　・c．だけど、みんなこういう格好なんだ。

（4）畳の部屋は便利だよ。　　　　　　・　　・d．でも、いつもそば屋だからね。

（5）今日のお昼は課長が　　　　　　　・　　・e．景色はよかったですが、寒すぎて……。
　　　ごちそうしてくれるわ。

練習2　「しかし・ですが・でも・ですけど」を使って、相手に反論してください。
　　　　〔　　　〕の中の言葉をヒントにしてください。

（例）A：郊外はいいですね。空気がよくて……。
　　　　　〔会社まで2時間かかる・家の周りに店が少ない〕
　　　B：　ええ、ですが会社まで2時間かかるから通勤が大変です。

（1）A：都心は便利でいいですね。
　　　　　〔空気が悪い・家賃が高い・家が狭い・物価が高い〕
　　　B：＿＿＿＿＿＿＿＿＿＿＿＿＿＿＿＿＿＿＿＿＿＿＿＿＿＿＿＿

（2）A：サラリーマンはいいですね。ボーナスももらえるし……。
　　　　　〔残業がある・転勤や単身赴任がある・上司の言うことを聞かなければならない〕
　　　B：＿＿＿＿＿＿＿＿＿＿＿＿＿＿＿＿＿＿＿＿＿＿＿＿＿＿＿＿

（3）A：今後エネルギーが足りなくなるから、やはり原発は必要ですよね。
　　　　　〔環境を破壊する・事故が心配・核のゴミを捨てるところがない〕
　　　B：＿＿＿＿＿＿＿＿＿＿＿＿＿＿＿＿＿＿＿＿＿＿＿＿＿＿＿＿

（4）母：ゲームなんて目が悪くなるからやめなさい。
　　　　　〔おもしろい・コンピュータに慣れる・ストレス解消になる・遊ぶ場所がない〕
　　　子：＿＿＿＿＿＿＿＿＿＿＿＿＿＿＿＿＿＿＿＿＿＿＿＿＿＿＿＿

（5）A：男は男らしく、髪は短いほうがいい。
　　　　　〔自分で決めればいい・若者の自由を認めたほうがいい・かっこいいほうがいい〕
　　　B：＿＿＿＿＿＿＿＿＿＿＿＿＿＿＿＿＿＿＿＿＿＿＿＿＿＿＿＿

**練習3** 逆接の接続詞を使って、反対意見の文を作ってください。

（例）A：私は、日本人は、もっと会議などで発言すべきだと思いますよ。

B：　<u>でも、会社では、「出る杭は打たれる」と言いますから。</u>

（1）A：結婚しても子供は欲しくないという人が増えていますね。

B：_____

（2）A：最近、髪を茶色に染めている人が多いですね。日本人は黒い髪のほうがきれいだと思うんですが。

B：_____

（3）A：また消費税が上がるそうですよ。困ったものです。

B：_____

（4）A：部長がまだ残業しているのに、もう帰るつもり？

B：_____

**練習4** 例のように、「言いさし表現」を使って書いてください。

（例）部屋がとても暑いので、窓を開けてほしいと思っています。

→　<u>あのう、ちょっと暑いんですけど……。</u>

（1）【図書館で】

辞書を借りたいと思っています。図書館の人に聞いてください。

→_____

（2）【喫茶店で】

30分前にコーヒーとサンドイッチを注文したのに、まだ来ません。店の人に催促してください。

→_____

（3）【禁煙コーナーで】

たばこを吸っている人に注意してください。

→_____

（4）【マンションの部屋で】

赤ん坊が寝たところなのに、隣の人が大きい音でステレオを聞いているので困ります。隣の人に頼んでください。

→ ＿＿＿＿＿＿＿＿＿＿＿＿＿＿＿＿＿＿＿＿＿＿＿＿＿＿＿＿

（5）【大学で】

土曜日にパーティーをしたいと思っています。友達に都合を聞いてください。

→ ＿＿＿＿＿＿＿＿＿＿＿＿＿＿＿＿＿＿＿＿＿＿＿＿＿＿＿＿

**練習5** 次の会話の（　　　）入る適当な接続詞を、下の □ の中から選んで書いてください。

（1）A：あしたは休みだから、映画を見て（①　　　　　　）食事でもどう。

B：楽しそうね。でも、お金もないし、（②　　　　　　）疲れているからやめておくね。

（2）A：こちらのアパートはいかがですか。駅から近いし、礼金もいりません。

（①　　　　　　）、エアコンまでついているんですよ。

B：そうですね。（②　　　　　　）、ちょっと狭くありませんか。

（3）A：どうしてお見合い、断ったんですか。ハンサムだし、性格も優しいし、

（①　　　　　　）、一流会社に勤めている人だったんでしょう。

B：（②　　　　　　）、長男なので、結婚したら彼の両親と一緒に住まなければならないと言われたんです。

（4）A：高性能で（①　　　　　　）安全性が高い、我が社の新車の特長です。

B：（②　　　　　　）、値段が高すぎませんか。

（5）A：遠方（①　　　　　　）、おいでいただきありがとうございました。

B：こちらこそ。楽しいパーティーに出席させていただいた（②　　　　　　）、おみやげまでいただいて、本当にありがとうございました。

| 上に　　　しかし　　　しかも　　　そして　　　その上　　　それから |
| --- |
| それに　　　それはそうですが　　　ですが　　　でも　　　にもかかわらず |

練習6 🖉 T-79 大学生の沢田さんとマリナさんが、エネルギー問題について話してい
ます。(1)〜(4)の2人の会話を聞いて、それぞれの文を完成させてくださ
い。(　　　)には適当な接続詞を書いてください。

```
キーワード　：エネルギー、石油、石炭、地球温暖化、原子力発電、使用済み核燃料、
　　　　　　　放射能漏れ、風力発電、太陽光発電、クリーンなエネルギー
順接の接続詞：それから、その上、しかも、そして、それに
逆接の接続詞：ですが、しかし、でも、だけど
```

(例)沢　田：人間は、これまで、エネルギーの多くを石油や石炭に頼ってきた。でも、
　　　　　　今のままのペースで石油や石炭を使い続けると、あと数十年でなくなって
　　　　　　しまうんだ。

　　マリナ：え、あと数十年？

　　人類はエネルギーの多くを石油や石炭に頼っている。( しかし )、今のままのペー
　　スで使い続けると、石油や石炭は、あと数十年でなくなってしまう。

(1) 石油はあと①＿＿＿＿＿＿＿＿以内でなくなると言われている。(　　　　　)、
　　石炭や石油を使い続けると、②＿＿＿＿＿＿＿＿をすすめてしまう。

(2) 世界中でいろいろな①＿＿＿＿＿＿＿＿が起きている。(　　　　　)、それは
　　②＿＿＿＿＿＿＿＿のせいだと言われている。

(3) 日本では①＿＿＿＿＿＿＿＿がどんどんつくられている。(　　　　　)、
　　②＿＿＿＿＿＿＿＿をどうするかなど、いろいろな問題がある。

(4) 原子力発電所は、①＿＿＿＿＿＿＿＿で被害を受けたり、放射能漏れの心配があっ
　　たりする(　　　　　)、今は、②＿＿＿＿＿＿＿＿が見つかっていない。

# あのう、ちょっとお尋ねしますが…

**28課** 間投詞(かんとうし)

**会話** 🔊 T-80

マリナさんが銀行の窓口(ぎんこう まどぐち)で尋ねています。

マリナ：あのう、ちょっとお尋(たず)ねしますが……。

銀行員(ぎんこういん)：はい、どういったことでしょう。

マリナ：ええと、この銀行でドルを円(えん)に替(か)えられますか。

銀行員：ええ、もちろん替えられますよ。

マリナ：今(いま)、トラベラーズ・チェックで1,500ドルと現金(げんきん)で600ドルあるんですが……。

銀行員：はい。

マリナ：ええと、これを両替(りょうがえ)すると、今のレートでいくらになりますか。

銀行員：1ドル120円ですから、そうですねえ、25万(まん)2,000円になります。

## この課で学ぶこと

感動や応答(かんどう おうとう)（呼(よ)びかけ、返事(へんじ)）を表(あらわ)す言葉(ことば)を間投詞といいます。間投詞は、会話(かいわ)の流(なが)れをスムーズで自然(しぜん)にします。間投詞には、次(つぎ)のようなものがあります。

1. 話(はな)しはじめるとき ▶ あのう、これを着(き)てみたいんですが

2. 呼(よ)びかけに応(こた)えるとき ▶ はい、そうです／いいえ、違(ちが)います／うん、そう／ううん、違う

3. あいづちを打(う)つとき。会話の流れをスムーズにする ▶ はい／ええ

4. 話(はなし)の間(あいだ)に使(つか)う。特(とく)には意味(いみ)のない言葉 ▶ ええと／そのう

5. 驚(おどろ)き、感動などを表すとき ▶ えっ／本当(ほんとう)？／あら

## 1　あのう／ええと／ちょっと／すみません／ねえ
### ——話しはじめるときに使う

a. あのう、明日、休ませていただきたいんですが……。

b. ねえ、さっき頼んだこと、ちゃんとしてくれた？

c. すみません、そのネクタイいくらですか。

d. ええと、注文した品物がまだ届いてないんですけ
　ど、どうなってるんですか。

e. ちょっとすみません。その席、私が座っていたん
　ですけど……。

あのう、明日、休ませて
いただきたいんですが……。

■道を尋ねています。

通行人：あのう、横浜駅にはどう行ったらいいでしょうか。

健　一：ええと、あのデパートのところを右に曲がればすぐですよ。

■探し物をしています。

健　一：ねえ、その辺に僕のノートなかった？

宏　：いいや、見当たらないよ。　（M）

## 2　いいえ／ええ／うん／ううん／はい
### ——呼びかけに応えるときに使う

a.「すみません。ちょっと伺いますが……。」「はい、何でしょう。」

b.「今晩、飲みに行かない。」「うん、いいよ。」

c.「出席をとります。ミリアンさん。」「はい。」

d.「夕食でも一緒にどう？」「いや、ごめん、今日
　は家で食べることになってるんで……。　（M）」

e.「元気でやってる？」「ええ、おかげさまで。」

ちょっと伺いますが……。／
はい、何でしょう。

■大学で、学生同士が話しています。

宏　：あしたのコンパ、出る？

健　一：うん、もちろん。

健　一：モンゴルからの留学生だそうですね。こんど、モンゴル語のあいさつを教えて
　　くれませんか。

デルゲル：ええ、いいですよ。

## 3 ほう／なるほど／ええ

——あいづちを打つときに使う。会話の流れをスムーズにする

a.「当社のモットーは『地球にやさしく』でして。」「そうですか。」
　「自然の生態環境を破壊しないようにですね。」「ええ。」
　「木材伐採と並行して植林を行っているんです。」

b.「奨学金を受け取るためにはですね。」「はい。」
　「銀行口座を開く必要があるんですが。」「ええ。」
　「口座を開くのには、印鑑がいります。」「そうですか。わかりました。」

c.「きのう、美術展に行ったんだけどね。」「うん。」
　「入るのに、なんと、2時間も行列。」「ふうーん。」
　「中に入ってからも、見えるのは人の頭だけ。」「へえー。」
　「それで10分で出てきちゃった。」

■日本語のあいづちについて話しています。

木　村：あいづちというのは、ある意味で、日本社会のあり方を象徴しているところが
　　　　あるわけで……。

ジョン：ほう、そうですか。

木　村：相手の言っていることに全面的に賛成でなくてもですねえ……。

ジョン：ええ。

木　村：とにかく、話を聞いているという合図を示す必要があるわけですよ。

ジョン：なるほど。

あいづちというのは
日本社会の象徴です。
——ほう、そうですか。

話を聞いているという
合図を示すんです。
——なるほど。

## 4 ええと／うーん／えー

——話の間にはさんで使う。特には意味のない言葉

a. 本日は、えー、お日柄もよろしく、まことにお
めでとうございます。

b. あの会社はですね、えー、倒産寸前という噂が
ありまして……。

c. 高度成長が終わったのは、えーと、1973年のオ
イルショックのときですから……。

d. 彼へのプレゼント、うーんと、何にしようかな。

e. まことに申し訳ないんですが、そのう、この件は
なかったということにしていただけないでしょうか。

本日は、えー、
お日柄もよろしく……。

■テレビのインタビューで、レポーターが尋ねています。

レポーター：今回の政権交代についてどう思われますか。

通行人：そうですね。えーと、どう変わるかよくわかりませんが、うーん、まあ、今ま
でより悪くなるということも、ないんじゃないですか。


## 5 やったー／おやっ／まあ／本当

——驚き、感動、疑問を表すときに使う

a. おや、そんな不思議なこともあるんだねえ。

b. わーっ、素敵なプレゼント、ありがとう。

c. へえー、伊藤さんが支店長になるの？

d. 本当？　ちっとも知らなかったわ。　（Ｆ）

e. うっそー、信じられない！

f. わーい、やっと終わった。

わーい、やっと終わった。

■大学の合格発表を見ています。

一　郎：やったー、合格だ！

智　子：えっ、あなたが受かったの。信じられない！　（Ｆ）

一　郎：おやっ、多田くんの名前がないねえ。

智　子：ふーん、彼、予備校ではいつもトップクラスの成績だったのになあ。

## 28課　ドリル

練習1　（　　　）の中から適当な言葉を選んで、会話を完成させてください。

（例）（ ねえ・まあ・なるほど ）、こんどの土曜日、一緒に映画見に行かない？

（1）（ ううん・ねえ・あのう ）、ちょっとご相談したいことがあるんですが……。

（2）【行列に割り込もうとしている人に】
　　　あ、（ おや・すみません・まあ ）。後ろに並んでもらえますか。

（3）【病院で】
　　　A：Bさん、診察室にどうぞ。
　　　B：（ はい・うん・ええ ）。

（4）A：この本、おもしろそうね。貸してくれない？
　　　B：（ うっそー・ううん・うん ）、いいよ。

（5）A：今晩、一杯どう？
　　　B：（ すみません・いや・なるほど ）、ごめん。ちょっと用事があるんだ。

（6）教授：どう、卒論のほうは進んでる？
　　　健一：（ はあ・うーんと・いやはや ）、なんとかやってます。

（7）【合格発表で】
　　　A：（ ① はあ・やったー・ええ・えっ ）、合格だ。
　　　B：（ ② はあ・やったー・ええ・えっ ）、あんなに遊んでばかりいたのに。信じられない。

（8）【道を聞く】
　　　A：（ ① ええと・そのう・あのう・ちょっと・いや ）、横浜駅にはどう行ったらいいでしょうか。
　　　B：（ ② ええと・そのう・あのう・ちょっと・いや ）、あのデパートのところを右に曲がればすぐですよ。

（9）【言葉を考えながら話す】
　　　レポーター：夫婦別姓についてどう思われますか。
　　　通行人：そうですね。（ ① なるほど・ふーん・はあ・うーん ）、結婚相手の意見を聞いて、（ ② なるほど・ええと・ふーん・はあ ）、相手が認めれば、いいんじゃないですか。

(10)【あいづちを打つ】

A：きのう、野球を見に行ったんだけどね。

B：（①　うん・えーっ・あのう　）。

A：満員で立ち見席だったんだけど、いい試合でね。

B：（②　ええーと・ふーん・おや　）。

A：逆転ホームランが僕のところに飛んできてね。

B：（③　あれあれ・いやはや・へえー　）。

A：もう少しでボールが取れるところだったんだけど……。

B：（④　それで・まあ・はい　）。

A：ほかの人に取られちゃった。

B：それは残念。

---

**練習2**　（　　　　）に適当な言葉を入れて、会話を完成させてください。

（例）A：あのう、ちょっとお尋ねしますが……。

B：はい、何でしょうか。

A：ええと、この銀行で、ドルを円に（①　替える　→　替えられますか　）。

B：ええ、もちろん（②　替えられますよ　）。

A：ええと、（③　これを両替すると、今のレートでいくらになりますか　）。

B：そうですねえ、（④　18万2700円になります　）。

（1）A：あのう、ちょっとお尋ねしますが……。

B：はい、何でしょうか。

A：ええと、（①　このアパートで動物を飼う　→　　　　　　　　　　　）。

B：ええ、もちろん（②　　　　　　　　　　　　　　　）。

A：ええと、（③　　　　　　　　　　　　　）。

B：そうですねえ、（④　　　　　　　　　　　）。

（2）A：あのう、ちょっとお尋ねしますが……。

　　　B：はい、何でしょうか。

　　　A：ええと、飛行機の切符の（① 時間を変更する →　　　　　　　　　　　）。

　　　B：ええ、もちろん（②　　　　　　　　　　　　　　　　）。

　　　A：ええと、（③　　　　　　　　　　　　　　）。

　　　B：そうですねえ、（④　　　　　　　　　　　）。

（3）A：あのう、ちょっとお尋ねしますが……。

　　　B：はい、何でしょうか。

　　　A：ええと、ズボンの（① すそをあげる →　　　　　　　　　　　　　）。

　　　B：ええ、もちろん（②　　　　　　　　　　　　　　　　）。

　　　A：ええと、（③　　　　　　　　　　　　　）。

　　　B：そうですねえ、（④　　　　　　　　　　　）。

---

練習3　　T-86　知り合いがあなたに、きのうサッカーに行った話をしています。（1）〜（7）の相手の言葉のあとに、あなたが打つあいづちとして最も適当なものを下のa〜gから選んでください。

（1）（　　　　）　　（2）（　　　　　）　　（3）（　　　　　）　　（4）（　　　　　）

（5）（　　　　）　　（6）（　　　　　）　　（7）（　　　　）

---

a．それはよかったですね。　　b．ええ、見てました。

c．へー、どんなふうに？　　　d．あ、そうなんですか。

e．ええ、そうでしたね。　　　f．ええ、そうらしいですね。

g．で、どうでした？

[ 改訂新版 ]

巻末附録

# 会話の日本語II

\* 「会話の授業」を担当する方へ
　　ーよりよい指導のためにー

\* ドリル解答

\* ドリル聴解問題スクリプト

\* 本文中国語訳

# 「会話の授業」を担当する方へ　—よりよい指導のために—

　どうすれば、学習者がアクティブに授業にかかわって、自ら積極的に会話文を作りだすことができるか。どうすれば、教師が主導していく授業ではなく、学習者とともにクラス活動できるか。そこが、いい授業になるかどうかのポイントです。

　海外などでは、文型をまったく知らないで、「日本語が話せる」というだけで指導している先生をよくみかけます。また最近のボランティアクラスでは（残念なことに）、指導法がよくわからないままに指導している先生方もいます。ここでは、そういった「ちょっと勉強が足りないかな」と不安に思っていらっしゃる先生に向けて、解説を書きました。

　各課を指導する際に必要な知識は何か、学習者のつまずきそうな点はどこか、どのような教室活動が有効なのか、などを挙げてみました。

　指導者が「文型」をよく理解したうえで、その「文型の骨」のまわりにおいしいソースを乗せて、骨を意識させない授業をしていければ、いい授業になることは確実です。初級で「文型練習」を一生懸命したけれど、どうも会話力が伸びないと悩んでいる学習者のために、ぜひこのページを役立ててください。

## 15課　尊敬語・謙譲語

　初級の多くの教科書では「尊敬語」「謙譲語」はまるで「初級の最後に教えるもの」という扱われ方だが、実際のコミュニケーション活動では、もっと早く覚えてもよいのではないかと思う。初級の学習者にとっても「敬意を表したい相手」はたくさんいるに違いないからだ。

### ・尊敬語について

　尊敬語は、話題の人の行為などを高めて、敬意を表す。本書では、尊敬語は「〜れる、〜られる」の形、「お〜になる」の形、「召し上がる」などの特別な形というように、3つのパターンに分けて、さまざまな場面の中での会話表現を取り上げた。

　ただし、単なる文型として「います→いらっしゃいます」を提示するというような指導はくれぐれも避けてほしいと思う。丸暗記した言葉だけでは、相手に対する敬意は伝わらないからだ。笑顔、頭の下げ方、座る場所、どちらが先に部屋に入るのかなど、敬語にはさまざまな要素がついてくる。

　ここではさまざまな立場の人物のカードを用意しておいて、学習者たちにそれぞれの人物になってもらい、コミュニケーション活動を進めるとおもしろい展開ができる。誰が誰に対して尊敬語を使うのか、それとも使わないのかを学ぶことも、この課の目的の一つだ。人物カードを持った学生たちに教室を自由に動いてもらおう。「言葉」だけでは表現できないコミュニケーション活動が見えてくるはずである。

### ・謙譲語について

　謙譲語には、話し手の行為を低めることで話題の人を高める「謙譲語A」と、話し手の行為を低めることで聞き手に敬意を表す「謙譲語B」がある。謙譲語Aでは「（話題の人の）かばんをお持ちする」「（話題の人を）ご案内する」などのように、話し手の行為は必ず話題の人と関係がなければ成り立たない。謙譲語Bは、自己紹介のときなどによく使われ、話し手の行為を低めて聞き手に敬意を表す表現なので、場面の中で練習しないと、「言葉だけの謙譲」になってしまいかねない。

　謙譲語には、「お〜する」の形と、特別な形がある。本書では「駅までお送りします」「その荷物、お持ちしましょう」など、日常のコミュニケーション活動に使えそうな謙譲表現を挙げている。

　ドリルでも、尊敬語・謙譲語がどんな場面で、誰に対して使われるのかが把握できるはずである。

## 16課 伝聞・様態の表現 ── そうだ

「～そう(だ)」には伝聞と様態の2つの用法がある。「雨が降りそうだ」(様態)、「雨が降るそうだ」(伝聞)のように、接続の仕方で意味が違ってくるので、指導するときも注意が肝心だ。

### 1．人から伝え聞いたことを表す

「あした、テストがあるそうですよ」など、ここでは、自分の判断はゼロということも指導しておきたい。

### 2．見た目・状況・人から聞いた情報などから推量したことを表す

「なんだか雨になりそう」「このマンション、いかにも高そう」のように、「なんだか」「いかにも」などの副詞と一緒に使うことがある。

### 3．何かが起こりそうなことを表す

「今にも川の水があふれそうだ」など、そのことがすぐに起こる様子・状態であることを強調したいときは「今にも」「もうちょっとで」などの副詞を使うことがある。

### 4．イ形容詞＋そう

用法2では、形容詞は「悪い→悪そう」「楽しい→楽しそう」になる。しかし、「いい→よさそう」「ない→なさそう」は作り方が異なるので注意を要する。

ドリルの練習5にあるイラストのような内容のものは、ふだんから注意していると、案外、広告や新聞のマンガで見つけられることもあり、授業に役に立つ。ここでは「忙しそう」「難しそう」などに合うイラストなどが役に立つだろう。

## 17課 推量の表現

推量を表す言葉には「～だろう」「～ようだ」「～みたいだ」「～らしい」「～そうだ」などがある。しかし、学習者にはこれらの言葉の使い分けが難しい。

### 1．自分の知識や経験から判断して推量するときに使う「～だろう」

話し手の強い判断を表す。例えば「台風でも、飛行機は飛べるだろう」と言えば、「以前、台風のときにも飛行機が飛んだ」という知識あるいは経験から主観的に判断している。たとえ学習者自身がこの表現を使わないとしても、案外身近で聞くことが多い表現ではないだろうか。

「名詞＋だろう (雨だろう)」「ナ形容詞＋だろう (静かだろう)」「動詞の普通形＋だろう (雨が降るだろう)」と、それぞれ、品詞によっても形が違ってくる。

ていねい体では「でしょう」になる。クラス活動として、世界地図を用意し、それぞれの地域での天気予報を「～でしょう」で言わせてみてはどうだろうか。

### 2．「～ようだ」「～みたいだ」が持つ2つの意味

「どうも女性のようですね」と言えば推量だが、「まるで女性のようですね」と言うと、外見や物腰は女性に見えるが、実際は女性ではない人に対して使う表現になる。

ここでは「まるで」「どうも」といった副詞と一緒に使われているので判断しやすいが、ただ単に「女性のようですね」と言ったときには上記の2つの意味が考えられることを、さまざまな用例と一緒に学習者に示し、ともに考えてはどうだろうか。

例えば、キャンデー (に見えるもの) を「これはキャンデーのようですね」と言って食べてみてはどうだろう。甘ければ本物のキャンデーだが、プラスチックでできていれば味はしない。そのときには「まるでキャンデーのようですね」と言う。

こういった例はほかにもたくさんある。教師が一人で考えるより、学習者とともに考えることでおもしろいアイデアが飛び出すものだ。

## 18課 副詞（1）―― いろいろな意味を持つもの

　副詞は、物事や人間の状態や人間の動作、程度や頻度、話し手の気持ちなどを説明する表現で、その場面に合った副詞が使えるようになると表現が生き生きとしてくる。しかし、日本語のテキストでは、副詞をテーマとする課はほとんどないようだ。本書では、学習者が習得しにくいが日常会話ではよく使用される副詞を、3種類にしぼって、18～20課で紹介している。

　「どうも」と「ちょっと」は、この課で取り上げる多義的な副詞の中でも、学習者にぜひ習得してもらいたい副詞である。

　「どうも」は「どうもありがとう」「どうもすみません」の省略表現として「感謝」と「謝罪」というかなり異なった意味を表すため、学習者がよく戸惑う表現だが、習得すれば、その多義性を生かしたコミュニケーションが可能になる。

　また、「ちょっと」も学習者泣かせの表現だ。「ちょっと」が、程度を表すという文字どおりの意味のほかに、婉曲な「断り」と「呼びかけ」という重要なコミュニケーション手段になるということを習得することは、学習者にとって極めて大切であろう。

　ドリルでは、「どうも」「ちょっと」「やはり」「よく」がどんな会話場面で使われるのか、学習者と一緒に楽しむ感じで答え合わせをしてほしい。練習4の、会話を最後まで言わないで終える日本語独特の表現の後半を考えさせることは、日本人のコミュニケーションスタイルを学ぶ上でも、得るところが大きいだろう。CDを聞かせて後半を考えさせるだけでなく、「後半は言わないほうが日本語らしい表現である」ということも学習者に伝えてほしい。

## 19課 副詞（2）―― 否定表現を伴うもの

　「決して～ない」「たとえ～でも」「まるで～のようだ」のように、決まった表現を予告して文全体の意味を補強する副詞を「陳述副詞」と言うが、ここでは、次に必ず否定表現が来る副詞の代表的なもの4つを練習する。このうち「あまり」は否定の度合いが弱く、「決して」「全然」「ちっとも」は否定の度合いが極めて強い表現である。

　「決して」の会話例では、部屋を借りる場面で使われる「家賃は決して滞納しないでください」「決してご迷惑はおかけしません」のような表現を示しておいた。
　学習者たちに、「決して～しません」と、何か約束をさせてはどうだろうか。
（例）「（これ以上太らないように）決して夜食は食べません」
　　　「（日本語が上手になりたいから）決してクラスで英語は話しません」
　このような楽しい例を示すと、学習者も生き生きと「決して～」と決意を語ってくれるだろう。

　また、日常会話では否定の度合いの強さに注意する必要があるので、「そのほかの否定を伴う副詞」として、使用頻度の比較的高いものを、否定の度合いの強いものと弱いものとに類別して示した。
　実際の会話では、否定の度合いとともに、否定的に表現するか、肯定的に表現するかも重要な要素なので、そうした練習も合わせて行うとよいだろう。例えば、「まだ半分ある」と言うか「もう半分しかない」と言うか、「少ししか飲んでくれない」と言うか「少し飲んでくれた」と言うかといった、同じ事柄への受け止め方の差に注意を向けさせることも大切だ。

　ドリルでも、練習6では、CDの会話を聞いて「あまり」「なかなか」「決して」「ちっとも」「ろくに」「全然」などの言葉を使って、会話の内容の文章を作る問題を出しておいた。否定の副詞がここで使いこなせれば、学習者は日常生活のコミュニケーションでも、これらの副詞を自信を持って使うようになるだろう。

## 20課 副詞（3）── 擬音語・擬態語

　日本語には擬音語・擬声語が非常に多く、何種類もの分厚い擬音語・擬態語辞典が刊行されているほどである。日本語教師として気をつけるべきことは、擬音語や擬態語は、母語話者は幼時から聞き慣れたわかりやすい表現だが、学習者にとっては、一から覚えるべき未知の語彙であるという点だ。例えば、「『豪雨』とは『雨がザーザー降っている』ことです」といった説明は、学習者にとっては何の説明にもなっていない。このような当然のことに注意する必要がある。

　日常会話では、的確な擬音語や擬態語を使えると、とてもこなれた表現のように感じられることが多いので、効果音のCDや実際の録音、あるいは教師が役者になって表情や身振りを演じることを通して、生の擬音語・擬態語に触れさせながら習得を促すようにしたい。

### 1．音を表す

　本書では、清音と濁音の意味や違いを把握できるような会話例を載せている。「トントン・ドンドン」「コロコロ・ゴロゴロ」など、実際に会話練習の中で使うことで、学習者も、より身近な表現として擬音語をとらえることができる。同様の会話例を、ほかにも「サラサラ・ザラザラ」「カサカサ・ガサガサ」などで作って、一緒に練習すればいいだろう。

　「動物の鳴き声」については、どんな言語にも擬声語が存在するようだ。学習者たちにそれぞれの母語で言わせてみて、クラスでリピートすると、その違いが楽しい雰囲気をかもし出してくれる。

### 2．見た目の印象や触った感じなどを表す

　擬態語では、クラスをいくつかのグループに分け、学習者同士でジェスチャーゲームをし、当てた点数を競ってもおもしろい。「ペラペラ」「パクパク」「うろうろ」「じろじろ」「どきどき」「いらいら」「くたくた」など、本書の会話例やイラストが参考になるだろう。

　そのほかの擬音語・擬態語の形については、それぞれ３つの例を挙げておいた。ほかにも類型パターンがある。『日本事情ハンドブック』（大修館書店）のなかの「擬音語・擬態語」（佐々木瑞枝）のページを参考にしてほしい。

　ドリルの練習６は、実際の効果音をCDで聞いて考える問題にしてある。最近は効果音のCDも各種出ているので、教室に１枚、備えておいてはどうだろうか。

## 21課 形式名詞（1）──こと

　日本語では、「こと」「もの」といった小さな表現が、それに先行する文や句を名詞化したうえで、話者の意思や表現の意図、ニュアンスを伝えるという重要な役割を果たしている。「こと」「もの」などのこうした用法は、「事」「物」という実体的・実質的意味を失い、助詞や助動詞のような機能的意味を担う名詞という意味合いで「形式名詞」と呼ばれている。従来のテキストでは、形式名詞を主題的に学習することは少なかった。しかし、こうした表現を的確に使用できることは、会話における滑らかなコミュニケーションにとっては重要な鍵となる。本書では、会話でよく使われる５つの形式名詞を21〜25課でとりあげている。

　「〜こと」は、先行する文を名詞化する代表的表現として、英語の that 節の役割と似ており、文章表現ではよく使用される。会話表現では、「〜ことができる」という初級文型のほかに、「〜ことになる」「〜ことにする」「〜ことにしている」といった用法がある。

　「こと」を指導する際の導入には「辞書形＋こと」と「た形＋こと」の対比から入ってはどうだろうか。
（例）「辞書形＋こと」　私は韓国料理を食べることがあります。（時々食べる）
　　　「た形＋こと」　私は韓国料理を食べたことがあります。（過去の経験）

また、動詞を書いたカードを用意して、「辞書形＋ことがあります」「た形＋ことがあります」の文を学習者と一緒に作り、質問を通してそれぞれの違いを考えるところから授業をスタートすると、一見難しそうに思える授業も楽しく展開することができる。

（例）カード：「ピアノを弾く」
　　　　文　：ピアノを弾くことがあります。ピアノを弾いたことがあります。
　　　質　問：いつ、誰のために、何の曲を、誰が、どこで、など
　　　カード：「ホテルのプールで泳ぐ」
　　　　文　：ホテルのプールで泳ぐことがあります。ホテルのプールで泳いだことがあります。
　　　質　問：どんなプール、入場料はいくら、水は冷たい／冷たかった、など

　学習者のグループワークで同様の会話文を展開すると、「アンコールワットに行くことがある／行ったことがある」「試験の前に徹夜することがある／したことがある」など、ユニークな会話文がどんどん展開できる。

## 22課 形式名詞（2）── もの

　「もの」という表現もさまざまな意味を表すが、この課では使用頻度の高さを考慮して、1「当然の帰結」、2「過去の習慣」、3「感慨」、そして4「言い訳」の4つの用法を紹介している。

　「過去の習慣」は、過去を懐かしむ意味合いがあり、その点で「感慨」の用法と通じるものがある。また、「当然の帰結」と「言い訳」の用法には、話者の主張を込めるという意味合いが共通している、とも言えるだろう。

　また「ものです」は、くだけた表現では「もんです」というように縮約形になる。会話文では縮約形のほうが多く使われるので、ぜひ縮約形も指導してほしい。「〜のです」が「〜んです」に縮約されるのと同じ現象である。

### 1．「Vの辞書形＋もの」は「当然〜するべきだ、〜するのが自然だ」を表す

　この表現は、会話例でもわかるように、忠告とか、相手の行動を注意するような表現（小言など）なので、使う場面に気をつけたほうがいいということをアドバイスしてほしい。

　異文化コミュニケーションの要素を授業の中に盛り込むための格好の会話文が、この「〜ものです」なので、各国の外国人学習者がクラスにいる場合には、文化比較のプレゼンテーションとしてこの表現を使ってはどうだろうか。

（例）日　本：浴衣には下駄を履く<u>もの</u>です。
　　　インド：カレーは手で食べる<u>もの</u>です。
　　　韓　国：お茶碗は持ち上げない<u>もの</u>です。
　　　アメリカ：あいさつのときは握手をする<u>もの</u>です。
　　　中　国：乾杯は食事中、何度でもする<u>もの</u>です。

### 2．「Vのた形＋もの」は、過去の習慣や経験を表す

　「昔は、学生時代は、子供のころは、以前は」などと一緒に使うことが多い。学習者（総じて年齢は若いと思うが）に思い出話をしてもらおう。

### 4．「Vのた形＋ものですから」は、言い訳の表現

　話し言葉のみに使用し、書き言葉には使用しない点をアドバイスしてほしい。さまざまな疑問文、問いかけ文を用意し、学習者に「〜たものですから」の表現を使った言い訳の練習をさせよう。

（例）「どうして遅刻したのですか」→「電車が遅れ<u>たものですから</u>」
　　　　　　　　　　　　　　　　　→「寝坊し<u>たもんで</u>」

こういった練習になると、いくつ語彙を知っているかよりも、いかにバリエーションを考えて、その場に合ったコミュニケーションができるかが勝負になる。会話例にある「一緒に踊っていただけませんか」という質問にも、実際の授業では、「踊りたい人がいるもので」「右足を捻挫しているものですから」「今、ちょっと休みたいものですから」「タンゴは踊れないものですから」など、たくさんの答えが出た。「言い訳の名人」はクラスに1人や2人必ずいるものだ。彼らに大いに拍手をしてあげよう。

## 23課 形式名詞（3）── ところ

「ところ」という表現は、「所」の場所的・空間的原意がいわば時間に転移して、「時点」を表すようになったと見ることができる。時点を表す「ところ」は、それに接続する動詞の形によってさまざまな時点を表すことになる。つまり、「映画を見るところ」は近未来の時点、「映画を見ているところ」は現在進行の時点、「映画を見たところ」は現在完了の時点を表している。また、「映画で見たところによれば」というように、「所」の場所的原意が「典拠」という一種の「場」を表す場合もある。

「空間」を表す表現が「時間」を表す表現に比喩的に転移する例を学習者に考えさせてみるのも、こうした「ところ」の用法を印象づけるのにいいかもしれない。例えば、「1時から2時まで」というときの「〜から〜まで」や、「その間（あいだ・かん）に」と言うときの「間」、さらには「長い時間、短い時間」という時間を修飾する表現などは、空間的表象からの比喩を土台としていると見ることができるだろう。

本書では「〜するところ」（動作の直前）、「〜しているところ」（動作の最中）、「〜したところ」（動作の直後）の用法をわかりやすく指導するため、1〜3の用法に分けているが、導入ではそれらが一度に理解できる場面を示したい。

わかりやすいイラストとして、「これからケーキを食べるところです」＝ケーキがフォークとともにテーブルに置いてあるイラスト、「今、ケーキを食べているところです」＝ケーキが半分になっていて、女性（男性でももちろんOK）が口元にケーキを運んでいるイラスト、「ケーキを食べたところです」＝お皿が空になっているイラスト、などを示すと、アスペクトの経過が示しやすい。

**1．「Vの辞書形＋ところ」。その動作や行動の直前であることを表す**

「今、ちょうど、今から、これから」などの副詞と一緒に使うことが多い。

**2．「Vている形＋ところ」。今、その動作や行動の最中であることを表す**

「今」と一緒に使われる。

**3．「Vのた形＋ところ」。その動作や行動の直後であることを表す**

「今、たった今、今ちょうど、ちょっと前」などの副詞と使われる。

**4．「〜ところによると」「〜ところでは」。知識や情報の出どころ（それがどこから出たか）を表す**

「動詞の辞書形・た形＋ところによると・ところによれば・ところでは」の形で使われる。「田中くんから聞いたところによると」「聞くところによると」「○○新聞の伝えるところによれば」「調べたところでは」などで、後ろに「〜そうだ」「〜らしい」「〜ようだ」「〜とのことだ」などが来ることが多い。

ドリルの練習4では、CDを聞くだけでなく、学習者にマラソンの実況中継のレポーターになってもらって、「〜ところ」の練習をさせてはどうだろうか。

## 24課 形式名詞（4）── わけ

「毎月連載していたコラムが本になったというわけです」のように、「〜わけだ」は、「事態の経緯」や「当然の帰結」を表しているが、これについては、「わけ」という表現が「〜わけだ」の文の前にある文との連続性を確認している、と取ることができる。

つまり、「趣味だった写真が、今では職業となったわけです」では、「写真が趣味だった」ということと「写真を職業とした」ということの連続性（事態の経緯）、また、「昼食を抜いたのだから、おなかがすくわけだ」では、「昼食を抜いた」ということと「おなかがすく」ということの連続性（当然の帰結）が、「訳」という、もともと理由を表す言葉によって確認されていることになる。

　「～わけではない」が「～ではない」よりも弱い否定を表し、「～わけにはいかない」がかなり強い不可能を表すという点に注意を促してほしい。

### １．「～というわけだ」。そういう結果に行き着いた経緯を表す

　クラス活動としては、学習者をグループＡとＢに分け、グループＡには「子供のころから外国に行く仕事がしたかった」「大学時代から通訳のアルバイトをしていた」「大学時代、ずっと日本語の勉強をしていた」「2人は高校時代からいつも一緒だった」など、Ｂには「それが今では_____というわけなんです」「それで_____というわけなんですね」「それが_____となったわけですか」などのカードを渡す。

　Ａの中の１人がカードを読んだら、Ｂの中の１人が自分のカードの表現を使って完成させた文を自由に答えて会話する。どのクラスにも必ず積極的な学習者がいて全体を引っ張ってくれるので、うまく会話になることが多いが、難しければ、教師がヒントを出し、会話を成立させる方法も試してほしい。

### ２．「～わけだ」。そうなるのが当然だという意味を表す

　チェーンプラクティスで、「私、子供のころから英語を勉強していたんです」→（次の学生が）「どうりで英語が上手なわけですね。あの店のシェフはソウルで修業したそうですよ」→（次の学生が）「どうりで、焼肉のたれが独特なわけです。新しい首相は、……」のように、どんどん鎖のように文章を作っていく練習ができる。どこかでつかえたら、教師は惜しみない声援とともに、助け舟を出してあげよう。

### ４．「～わけにはいかない」。何か事情があってできないということを表す

　常識的に考えて、社会のルールから見て、自分の経験から考えて、「できない」という意味を表す。

　ドリルの練習２は、単に返事を考えさせるのではなく、ペアで会話させてはどうだろうか。

## 25課 形式名詞（5）── ほう

　「ほう」は「方」の原意から派生して「範囲」「方面」「領域」を表すが、「ご趣味は？」「書道のほうを少々……」というように、はっきり言わないで、少し遠回しに言ったり、ぼやかして言うときにも使う。近年の若者言葉に、こうした「ぼかし」の表現がいろいろな形で見られることと関連させてみるのもおもしろいだろう。

　「～ほうがいい」という表現は初級テキストに出てくるが、元来はアドバイスの表現であり、先輩が後輩に、医者が患者にというように、助言する者と助言される者の上下関係を連想させる表現なので、使用する際には注意が必要である。「ほうがいいと思います／思いますよ」「ほうがいいんじゃないですか」などといった表現にして、「助言してやる」といったニュアンスを和らげるようにすることにも触れたほうがいいかもしれない。

### １．範囲や分野を表す「ほう」

　はっきり言わないで、少し遠回しに言ったり、ぼやかして言ったりするときにも使う。

（例）仕事は順調ですか。　　→仕事のほうは順調ですか。
　　　理系はどうも苦手です。→理系のほうはどうも苦手です。

### ２．比較を表す「ほう」

　家賃の比較、先生の教え方の比較、おいしいレストランの比較など、会話練習には事欠かない。

## 3.「Vのた形＋ほうがいい」

アドバイスの表現。困ったシチュエーションを作り、学生同士でアドバイスし合ってはどうだろうか。

(例) アルバイト先の店長が怖い人なんです。

今のアパート、家賃が高くて払えないんです。

レポート、期限までに書けそうもありません。

→ アドバイス「〜たほうがいいですよ。」

「ほう」は会話でもよく使われる表現なので、この課でしっかり使い方を覚えると、学習者のコミュニケーションの範囲も広がること間違いない。

## 26課 接続詞・接続句（1）—— 順接

初級修了時くらいの学習者の発話は、ともすれば短いセンテンスを連ねる形になりやすいので、接続詞や接続句を上手に使って、発話文を長くしていく練習は重要である。それによって、話にまとまりができ、聞き手が意味の流れを聞き取りやすくなるからだ。

接続表現の基本は、話の流れが、それまでのものの延長上にある（順接）のか、それとも、それまでの話の流れを逆転させる、つまり否定する（逆接）のかという点にある。このテキストでは順接と逆接にしぼったが、話の流れの向き（話題）を変える接続表現（ところで、それはそうと、さて、など）も、余裕があれば触れておきたい。

順接表現では、「それから」「その上」「それに」というように「ソ系」の指示詞が基本になっている。「コソアド」というと、具体的な事物を指示する練習に集中しがちだが、会話や文章においては、事前に述べられた意味内容を指示する「ソ系」の指示詞の習得が重要であることに学習者の注意を向ける必要がある。

この課では、用法1〜4で、さまざまな順接の接続詞の会話例を出しておいた。学習者中心で指導する場合、接続詞のカードを作成しておき、短い文例の前後をどんな接続詞でつなげると会話文として成立するかを、学習者とともに考えながら授業を進めたい。

ドリルの練習3は、イラストを見て接続詞の前後の話を考えるようになっている。接続詞の定着をはかるのに楽しいドリルなので、ぜひ試してほしい。

## 27課 接続詞・接続句（2）—— 逆接ほか

逆接の接続表現は、話し相手の言っていることに反対したり、否定的なことを言ったりするときに使う表現であるだけに、対立や否定のニュアンスの強さ（度合い）に学習者の注意を向ける必要があるだろう。

一時期、「NOと言えない日本人」などという表現が流布していたが、どの言語でのコミュニケーションにおいても、否定表現がデリケートなものであり、ポライトネスの重要な局面であることは共通している。この意味で、的確な逆接表現を習得することは極めて大切である。

また、正確には逆接表現とは言えないが、「留学したいんですが、どこがいいでしょうか」といった「話題提示」の「が」の使い方や、「これ、つまらないものですが……」といった「言いさし表現」の「が」の用法に慣れておくことも、円滑なコミュニケーションにとっては大事な要素である。

この課の用法1〜4では逆接の会話例を挙げているが、1では書き言葉の例、2は話し言葉でのていねいな反論、3では話し相手が親しい場合、というように使い分けを示している。

シチュエーションを考え、どんな逆接表現が当てはまるか、逆接の接続詞カードを作っておき、学習者に選ばせてはどうだろうか。

（例）アルバイト先で：

店　主「今日、残業をお願いします」

アルバイト「_____（逆接のカードのどれが入るでしょう）……私は今日、予定があります（予定があるものですから）」

逆接を述べるときには、声の調子や物腰が重要なファクターとなる。CDを聞いて、練習させてほしい。

## 28課　間投詞

「あのう」（呼びかけ）、「うん」（くだけた応答）、「なるほど」（あいづち）、「ええと」（フィラー：特には意味のない言葉）、「本当？」（感嘆詞）といった間投詞は、これまでは日本語のテキストのテーマとして取り上げられることはあまりなかったが、日常会話では極めて重要な表現である。本書では最後の課で一括して扱っているが、実際は習いはじめから必要になる表現であろう。

これらの間投詞は、話しかけるときにどのような表現で呼びかけるか、それにどのような表現で応答するか、相手の話をちゃんと聞いているということを表現するにはどうしたらいいか、口ごもったときにどのような表現で間をつなぐか、相手の話に対する感情的反応をどう表現するか、といった会話のストラテジーの根幹を担う表現なのである。

その意味では、この課では、これまですでに習得してきたこれらの表現を、あらためて整理する形で復習するというようにしたい。つまり、この課で初めて学ぶというのではなく、それまでの課でも、こうした表現を適宜織り交ぜながら会話練習をするという形が望ましい。

本書にあるほとんどの会話例がロールプレイの素材となる。

「ううん」では大きく首を振る、「あのう」と口ごもるときはちょっと前かがみで言う、など、教師のノンバーバルの手本が学習者には必要だ。ぜひ、教師も俳優になったつもりで、これらの間投詞を楽しみながら教えていただければと思う。

用法4の、話の間にはさんで使う「ええと」「そのう」などは、人によって癖があるが、学習者によっては、前後は日本語で話しながらこの部分だけは母語になってしまう人も多い。「ええと」「そのう」などは、ちょっと練習するだけで日本語らしいコミュニケーションスタイルに導くことができる。決して「必要ない練習」「文法的に意味がない」と切り捨てるのではなく、こういった練習こそコミュニケーションに必要、という自覚を持って授業に臨んでいただきたいと思う。


## 最後に

以上、著者である私たちから、実際に学習者を指導する先生方へのメッセージとして、この解説を書きましたが、会話の授業は「生きて」います。教室の場面に応じて、柔軟に対応する必要があります。また、学習者によっても、さまざまな工夫ができると思います。

そんな工夫の数々を、ぜひ、私たちにお知らせいただければと思います。

本書が「生きたコミュニケーション」のために役立つことが、著者一同の願いなのですから。

佐々木瑞枝

門倉　正美

## 15課

**練習1**

(1) ①暇 ②いいわね (2) します (3) ①になって ②お ③ご ④いたし (4) ①召し上がって ②いただき (5) ①お ②お

**練習2**

(1) 申します (2) いらっしゃいます／おいでになります (3) いらっしゃいます／おいでになります (4) 参ります (5) いただきます

**練習3**

(1) ご覧になりましたか (2) お届けします (3) いらっしゃら (4) うかがっ／おうかがいし (5) お書きになって／お書き

**練習4**

(1) a (2) c (3) b (4) c (5) b (6) c (7) a (8) b (9) c

**練習5**

(1) a (2) c (3) b (4) e (5) g (6) d (7) f (8) i (9) j (10) h

①いらっしゃいます ②申します ③お戻りになります ④いただきます ⑤いただきたい ⑥お伝えください

**練習6**

(1) e (2) a (3) g (4) b (5) h (6) d (7) c (8) f

## 16課

**練習1**

(1) 辛そうだ (2) まじめそう (3) 行かないそう (4) 死にそう (5) よさそう

**練習2**

(1) ①なさ ②おいしい ③安 (2) 明ける (3) 歯が抜け

**練習3**

(1) ①おいしそうな ②手作りだそう (2) 便利

そう (3) ①寒そうだ ②滑りそう (4) 遅刻しそう (5) 穴があきそう

**練習4**

(1) うれしそう (2) 眠そう (3) 来るそう (4) あったそう (5) 破れそう

**練習5**

①わかりそう ②むずかしそう ③重そうだ ④忙しそう ⑤おもしろそう ⑥こわそう ⑦止まりそう

**練習6**

【解答例】

ＪＲ山田駅近くの商店街で火事があったそうですよ。

火事の現場は、山田東商店街にある３階建てのビルだそうです。

## 17課

**練習1**

(1) 組み立てるんだろう・組み立てるんでしょう

(2) 立候補するんだろう・立候補するんでしょう

(3) 建ったんだろう・建ったんでしょう

(4) いいだろう・いいでしょう

(5) なくならないんだろう・なくならないんでしょう

**練習2**

(1) b (2) b (3) b (4) a (5) b

**練習3**

(1) らしい (2) よう (3) みたい (4) よう／みたい (5) だろう

**練習4**

【解答例】

(1) 白亜紀の恐竜らしいよ。

(2) 約10メートルもあったらしいね。

(3) 後ろ足だけで歩いていたようだよ。

(4) 脳がほかの恐竜より大きいから、知能が発達していたようだよ。

(5) 北アメリカで多く発見されているようだね。

**練習5**

①故障した　②止まっている　③かかる　④行ったほうがいい　⑤もらえる

## 18課

**練習1**

(1) ちょっと　(2) やっぱり　(3) よく　(4) どうも　(5) どうも　(6) ①どうも　②よく　(7) ちょっと　(8) やっぱり　(9) どうも　(10) やっぱり　(11) よく　(12) ちょっと　(13) よく　(14) どうも／ちょっと

**練習2**

(1) b　(2) f　(3) e　(4) a　(5) c　(6) d

**練習3**

(1) a／g　(2) b／f　(3) d／i　(4) c／h　(5) e／j

**練習4**

(1) g　(2) j　(3) h　(4) a　(5) b　(6) d　(7) e

## 19課

**練習1**

(1) 読まないんです／読みません　(2) 知らなかった　(3) できなかった　(4) お高くありません　(5) 行かないんです／行きません

**練習2**

(1) 決して　(2) なかなか　(3) ちっとも／あまり／全然／ろくに　(4) あまり　(5) ちっとも／全然／なかなか／ろくに　(6) ちっとも／あまり／全然／なかなか

**練習3**

(1) めったにしません
(2) ろくに寝ていないんです
(3) たいしてかかりませんでした
(4) 決してうそではありません
(5) なかなかよくならない

**練習4**

(1) ちっともおもしろくなかった。（強い）
(2) 絶対しません。（強い）
(3) あまり会いません。（弱い）
(4) 別にかまいませんよ。（弱い）
(5) さっぱり来ませんね。（強い）

**練習5**

【解答例】

(1) いえ、さっぱりだめです。／ちっとも上達しません。
(2) いいえ、めったに行きません。／行きたいのですが、なかなか時間がなくて行けません。
(3) あんなに込んでいるのは、もう二度といや。／うん、絶対に行こうね。
(4) あまりできませんでした。勉強しなかったから。／まあまあでした。
(5) 別に謝ることはありませんよ。しょうがなかったんです。／あまり気にしないでください。
(6) あまり行きたくないな。／うん、絶対行くよ。

**練習6**

【解答例】

(1) ①ジョンさんは、日本ではあまり映画を見ていません。
　　②ジョンさんは、最近なかなか映画が見られません。
(2) ランさんはあまりサークルに来ていません。
(3) 僕は決して自転車を盗んでいません。
(4) ①私はなかなか彼に会えません。
　　②彼はちっとも休みがとれません。
(5) 太郎はろくに勉強していません。
(6) クマのぬいぐるみは全然在庫がありません。

## 20課

**練習1**

(1) d　(2) e　(3) a　(4) f　(5) b　(6) c

**練習2**

(1) いらいら　(2) どきどき　(3) くたくた　(4)

すやすや　（5）しょんぼり

## 練習3

（1）b　（2）a　（3）a　（4）b　（5）a

## 練習4

①そっと　②こっそり　③ぐっすり　④キラキラ　⑤どんどん

## 練習5

（1）すやすや　（2）いらいら　（3）ニコニコ　（4）ニャーニャー　（5）ガチャン　（6）コロコロ　（7）しょんぼり　（8）ほっと　（9）どきどき

## 練習6

（1）トントン　（2）カーカー　（3）コチコチ　（4）コケコッコー　（5）ザブーン　（6）ワンワン　（7）ガチャン　（8）ザーザー

## 21課

## 練習1

（1）作ることもあります　（2）会ったことがあります　（3）食べることがあります　（4）登ったことがあります　（5）行ったことがありません　（6）読んでいることもあります

## 練習2

（1）教室では、携帯電話の電源は切っておくこと。
（2）美術館の中では写真を撮らないこと。
（3）社内でたばこを吸わないこと。
（4）レポートは月曜日の午後１時までに提出すること。
（5）自転車の二人乗りは絶対しないこと。

## 練習3

（1）書くこと　（2）読んだこと　（3）みがくこと（4）提出すること／持ってくること　（5）食べること　（6）行ったこと　（7）たばこを吸わないこと　（8）すること　（9）歌うこと　（10）登ること

## 練習4

（1）の　（2）①こと　②こと　（3）こと　（4）の（5）の

## 練習5

（1）①食べること　②食べることもあります

（2）①読んだことが　②読んでいることもあります　③読まないことにしています
（3）①したことがありません　②行くこともあります　③連れていくこと

## 21課

## 練習1

（1）食べるもの　（2）便利になったもの　（3）しなかったもの　（4）飲んだもの　（5）遊びに来たもの

## 練習2

（1）c　（2）d　（3）b　（4）b　（5）d　（6）a　（7）c　（8）a

## 練習3

【解答例】

（1）目覚まし時計が壊れていたものですから。
（2）申し訳ありません。急に社長に呼ばれたもので……。
（3）その日は予定があるものだから……。
（4）ちょうどその日は、弟が車を使うというもんで……。
（5）ちょっと頭が痛いもので、お先に失礼します。

## 練習4

（1）するもの　（2）読むもの　（3）しなかったもの　（4）使ったもの　（5）遊ぶもの　（6）起きるもの　（7）手伝ったもの　（8）きいたもの
（9）～（11）【自由解答】

## 練習5

【解答例】

（1）もっとやる気があったものだ／遅刻などしなかったものだ
（2）夜中の２時までアルバイトだったもので
（3）大切に扱うものだ
（4）威張れるものだ

## 23課

## 練習1

（1）①電話するところです　②電話しているところです　③電話したところです

(2) ①咲くところです　②×　③咲いたところ
　　です
(3) ①洗濯するところです　②洗濯しているとこ
　　ろです　③洗濯したところです
(4) ①見るところです　②見ているところです
　　③見たところです
(5) ①消えるところです　②×　③消えたところ
　　です

## 練習2

(1) 見るところ　(2) 出かけるところ　(3) わい
たところ　(4) 探していたところ／探していると
ころ　(5) 通過したところ　(6) あげているとこ
ろ　(7) 来たところ　(8) 寝たところ／寝るとこ
ろ／寝ているところ　(9) 行っているところ　(10)
読んだところ

## 練習3

(1) 宿題をしているところだから
(2) 出かけるところなので
(3) 帰ったところですから
(4) コピーするところです
(5) 発表したところによると

## 練習4

(1) b　(2) a　(3) c　(4) c　(5) b

## 24課

## 練習1

①わけではない　②わけです　③わけではない
④わけにはいかなかった　⑤わけです

## 練習2

(1) 職業になったというわけ
(2) 勉強したというわけ
(3) 乗り気になれないというわけ
(4) 反対というわけではない
(5) 休むわけにはいかない
(6) 暮らしてみたくなったというわけ
(7) 嫌いというわけではない
(8) 寒いわけ
(9) 言うわけにはいきません

(10) そういうわけではない

## 練習3

【解答例】
(1) ①上手なわけですね　②わけではないんです
(2) というわけではないんです
(3) ①なったというわけね　②夢がかなうという
　　わけじゃないよ
(4) 行きたくないわけじゃないよ
(5) 休むわけにはいかないよ

## 練習4

【解答例】
(1) ①残業しないわけにはいかないんです
　　②ゴルフを断るわけにはいかないんです
(2) ①家事をしないわけにはいきません
　　②寝ているわけにはいかないんです
(3) ①アルバイトを休むわけにはいきません
　　②卒論を提出しないわけにはいかないんです
(4) ①お手伝いしないわけにはいきません
　　②学校へ行かないわけにはいきません

## 25課

## 練習1

(1) 専門の勉強のほう　(2) 和食のほう　(3) 傘
を持っていったほう　(4) 地下鉄のほう　(5) 運
動したほう

## 練習2

(1) 帰った　(2) 買った　(3) 食べない　(4) 断っ
た　(5) 吸わない

## 練習3

【解答例】
(1) 私は和室のほうがいいですね。ごろりと横に
　　なれますから。
(2) スパゲッティーを食べたいので、イタリアン
　　のほうがいいです。
(3) 聴解のほうです。文法はむずかしくて、苦手
　　です。
(4) 大阪のほうが多いと思いますけど……。
(5) 父よりも母のほうに似ていると言われます

(6) こんなに渋滞しているから、歩いたほうが早いでしょう。

(7) 性格がいいほうがいいです。顔なんか気になりません。

**練習4**

【自由解答】

**練習5**

(1) 電車のほうが (2) 見せるわけには (3) 飲んだものです (4) 泊まったこと (5) 眠いわけだ (6) 勝ったものだ (7) 変えるもの (8) 食べることもあります (9) 切っておくこと (10) ものですから (11) わけではないのだが (12) 確認しているところです

## 26課

**練習1**

(1) それから (2) それに (3) しかも (4) その上 (5) 上に (6) その上 (7) それから (8) それに (9) しかも (10) 上に

**練習2**

(1) 画面が大きくて、衛星放送が見られて、それに値段が安い

(2) ルーブル美術館を見て、買い物をして、それからイギリスへ行って2週間英語の勉強をする

(3) 道路が渋滞していた上に、衝突事故があった

(4) 給料がよくて、休みが多くて、仕事が楽で、しかも勤務時間が短い

(5) テニスとゴルフ、それから冬はスキー

**練習3**

【自由解答】

**練習4**

【解答例】

(1) 富士山／日光／琵琶湖／京都／奈良／北海道／九州

(2) 火山が多いからです。

(3) いろいろな文化や、いちばん新しいものを楽しむことができます。

(4) 【自由解答】

## 27課

**練習1**

(1) c (2) a (3) e (4) b (5) d

**練習2**

【解答例】

(1) でも、家賃が高いし、物価も高いから、経済的に大変ですよ。

(2) ですが、転勤や単身赴任があって、文句は言えないんですよ。

(3) しかし、核のゴミを捨てるところがないんですから、将来が心配です。

(4) だって、おもしろいんだもん。ストレス解消には必要だよ。

(5) ですが、やはり若者にとっては、かっこいいほうがいいでしょう。

**練習3**

【解答例】

(1) しかし、子供がいれば、楽しいことも多いですよ。

(2) それはそうですけど、やっぱり好みの問題でしょう。自由なほうがいいですよ。

(3) でも、国家の財政のためには仕方ないのではないでしょうか。

(4) お言葉ですが、僕は、忙しいときには残業しています。暇なときは早く帰ってもいいでしょう。

**練習4**

【解答例】

(1) すみません、辞書を借りたいんですが……。

(2) もう30分も待ってるんですけど……。

(3) ここは禁煙ですけど……。

(4) すみません、ステレオの音が大きいんですけど……。

(5) 土曜日にパーティーをしようと思うんだけど……。

**練習5**

(1) ①それから ②それに (2) ①その上／しかも／それに ②しかし／ですが／でも (3) ①そ

れに／その上／しかも ②でも／ですが （4）①
しかも／その上 ②しかし／ですが／でも／それ
はそうですが （5）①にもかかわらず ②上に

**練習6**

【解答例】

(1) ①50年 ②地球温暖化 （しかも）

(2) ①災害 ②地球温暖化 （そして）

(3) ①原子力発電所 ②使用済み核燃料 （しかし）

(4) ①地震 ②原子力の代わりになるいいエネル
ギー （しかし）


## 28課

**練習1**

（1）あのう （2）すみません （3）はい （4）う
ん （5）いや （6）はあ （7）①やったー ②えっ
（8）①あのう ②ええと （9）①うーん ②ええ
と （10）①うん ②ふーん ③へえー ④それ
で

**練習2**

【解答例】

(1) ①このアパートで動物を飼えますか ②飼え
ますよ ③ワニなんですけど、大丈夫でしょ
うか ④ちょっと大家さんにきいてみますよ

(2) ①時間を変更することができますか ②でき
ます ③いちばん早い、ハワイ行きの便は何
時ですか ④2時間後の便になりますが

(3) ①すそをあげてほしいのですが、できますか
②できますよ ③なるべく早くやってほしい
のですが…… ④あしたの夕方までには仕上
がりますよ

**練習3**

【解答例】

（1）d （2）f （3）a （4）g （5）c （6）
b （7）e

## 15課 練習6  `T-10`

(1) 皆さんで召し上がってください。

(2) 早くよくなってね。

(3) 一日も早いご回復をお祈りしております。どうぞお大事に。

(4) 誕生日おめでとう。

(5) 先生はご在宅でいらっしゃいますか。

(6) ご無沙汰しています。皆さんお元気ですか。

(7) おめでとう。二人でお幸せに！

(8) 明けましておめでとうございます。

## 16課 練習6  `T-16`

昨夜午後11時20分ごろ、ＪＲ山田駅近くの商店街で火災がありました。

現場は、南区山田町３丁目の山田東商店街にある３階建てのビルで、１階の階段付近から出火、１階と２階の一部を焼きました。ビルの１階では居酒屋が営業中でしたが、客と従業員は、全員避難して無事でした。

山田町一帯では、先月末から、ゴミ置き場やバイクが燃えるなどの不審火が６件起きており、警察は、今回も放火の疑いがあるとして調べています。

## 17課 練習5  `T-21`

２番ホームで電車をお待ちのお客様にお知らせします。

先ほど、東京、銀座間で信号故障が起こりましたので、電車の運転を停止しております。運転が再開するまで、しばらく時間がかかります。お急ぎのところ、ご迷惑をおかけして大変申し訳ありません。

お急ぎのお客様は、ＪＲ線をご利用ください。ＪＲ線の切符は、改札口でお渡ししています。

## 18課 練習4  `T-27`

(1) A：歌舞伎の切符が２枚あるんですが、よろしかったら、一緒に行きませんか。

　　B：あ、いいですね。ぜひ一度、行ってみたかったんですよ。いつですか。

　　A：今週の土曜日、午後５時からです。

　　B：あ、その日はちょっと……。

(2) A：こんにちは。お時間がありましたら、アンケートに答えていただきたいんですが……。

　　B：あ、今ちょっと……。

(3) 客　：あら、このシャツいいわね。

　　店員：夏のバーゲンで、今、お安くなっていますよ。

　　客　：ほんと。あら、7000円。ちょっと高いわねえ。5000円にならない？

　　店員：え、元は１万円ですから、それはちょっと……。

(4) A：会議で使う資料、コピーしておきました。

　　B：あ、どうも。

(5) 店主：いらっしゃいませ。毎度ありがとうございます。

　　客　：きのう買ったリンゴ、中が腐ってたんですけど。

　　店主：え、そうですか、それはどうも……。

(6) A：あら、近藤さん。お久しぶりねえ。皆さんお元気ですか？

　　B：あ、原田さん、どうも。

(7) A：じゃ、またね。

　　B：ええ、また。

　　A：失礼します。

　　B：はい、どうも。

## 19課 練習6

(1) A：ジョンさん、趣味は何ですか。

B：映画ですね。国にいたときは、月に3本は見ていました。

A：へえ、とても好きなんですね。日本でもよく見るんですか。

B：いいえ、忙しくて。今は、2カ月に1本見られればいいほうですね。

(2) A：ねえ、最近、ランさんに会った？

B：ううん、そういえば、2週間ぐらい会っていないね。

A：どうしたのかな。最近、サークルにも来ていないんだ。

B：忙しいのかなあ。

(3) 警官：この自転車は君のかい。

若者：はい、そうです。

警官：人の自転車を盗んだんじゃないんだね。

若者：絶対、そんなことありませんよ。

(4) 私：ねえ、今週の土曜日は空いてる？

彼：今週？ ごめん、バイトがあるんだ。

私：えー、もう3週間も会ってないんだよ。

彼：今、人が足りなくて、全然、休みがとれないんだ。

(5) 母：あなた、太郎を叱ってよ。ゲームばっかりしてるのよ。

父：しょうがないなあ。来年は受験だっていうのに。

母：学校から帰ってきたら、ずっと部屋に閉じこもってるの。

父：勉強してないのか？

母：宿題ぐらいはしてるけど、あとは寝るまでゲームよ。

(6) 客：今話題のクマのぬいぐるみ、ありますか？

店員：すみません。ただいま品切れなんです。

客：え、ここにもないの？ どこに行っても売り切れなのね。

店員：はい、すごい人気で、在庫がまったくないんです。申し訳ありません。

## 20課 練習6

(1) トントン（ドアをノックする音） (2) カーカー（カラスの鳴き声） (3) コチコチ（時計の音） (4) コケコッコー（ニワトリの鳴き声） (5) ザブーン（波の音） (6) ワンワン（犬の鳴き声） (7) ガチャン（ガラスが割れる音） (8) ザーザー（大雨の音）

## 21課 練習5

(1) A：ジョンさんは納豆を食べたことがある？

B：うん、大好きだよ。

A：最初から食べられた？ あのにおいが嫌いっていう人も多いけど。

B：僕は大丈夫だよ。それに、納豆は健康にいいんでしょ。だから、僕は1日も欠かさないようにしてるんだ。

A：へえ、毎日食べてるの？

B：うん、朝、昼、夜と食べることもあるよ。

(2) A：エミーさんは、日本のマンガを読んだことがありますか。

B：ええ、ありますよ。日本のマンガは世界でも有名ですから。私は手塚治虫の大ファンなんです。

A：そうなんですか。

B：読みはじめると止まらなくて、一日中読んでいることもあるんですよ。

A：へえ、本当に好きなんですね。

B：ええ。でもね、電車の中では読まないことにしているんです。大人がマンガを読んでいるのは、なんだか変ですから。

(3) A：田中さんの趣味は何ですか。

B：私は釣りが好きなんですよ。加藤さんは、釣りをしたことがありますか。

A：いいえ、まったくやったことがありません。楽しいですか。

B：ええ、私は、特に川釣りが好きなんです。夏には、毎週、行くこともあるんですよ。

A：へえ、そうなんですか。

B：でもね、自分ばっかり楽しんでるって、

妻に叱られて、「月に一度は食事に連れていくこと」って約束させられちゃったんです。

## 22課 練習5　T-50

(1) ああ、今日も3人も休んでいたなあ。遅刻してくる者も多いし。本当に、最近の学生はやる気がない。私が学生だったころとは大違いだ。

(2) 今日は9時からの授業だったんだけど、どうしても起きられなかった。教授に怒られるだろうなあ。だけど、ゆうべは急にほかの人が休んでしまったから、夜中の2時までアルバイトだったんだ。

(3) あの店員の態度には頭に来る。客が並んでいるのに、ずっと待たせたまま。言葉づかいもていねいじゃないし。もっとお客を大切に扱うべきだと思う。

(4) 水野部長は、部下のミスを見つけるとすぐ怒る。でも自分では何もできないから、コピーでもパソコンでも、小さなことまで僕らにやらせるんだ。それなのに、上司だからといってすごく威張っている。

## 23課 練習4　T-56

(1) さあ、いよいよ女子マラソン。今、ちょうど、スタートしたところです。あっ、森選手が転んでしまいました。大丈夫でしょうか。

(2) おっ、鈴木選手は、ちょうど坂を登ったところです。続いて、木村選手。先ほど転んでしまった森選手は、どうでしょう。あっ、来ました来ました。これから坂を登るところです。

(3) 今、鈴木選手は折り返し地点を回ったところです。でも、少し疲れてきたようですね。木村選手は折り返し地点を回っているところです。森選手も頑張っていますよ。これから折り返し地点を回るところです。

(4) 1位争いが激しくなってきました。今、木村選手が鈴木選手を追い抜いたところです。続

いて、森選手も鈴木選手を抜くところです。鈴木選手はかなり疲れているようですねえ。ちょうど、水を取って、頭からかけているところです。さあ、おもしろくなってきました。

(5) さあ、ゴールが近づいてきました。木村選手、強い！　もう少しでゴールするところです。その次に続いているのは森選手です。各選手、最後の頑張りです。競技場は大歓声につつまれています。

## 24課 練習4　T-62

(1) サラリーマンは大変ですよ。特に最近は仕事がたまっていて、ほとんど毎日残業してます。たまには早く帰りたいんですが。それに、月に2～3回は出張があるもので、なかなかゆっくりできませんね。今度の日曜日は、取引先の社長からゴルフに誘われちゃって。付き合いは断れませんからねえ。ああ、休みたい。

(2) 主婦だって大変なんですよ。毎日、掃除して、洗濯して、食事を作って……。家族の世話ばかり。疲れてしまって、家事をしたくないこともあるんですよ。風邪をひいても寝ていられないわ。

(3) 今、大学4年です。就職活動中。就職が決まったら海外旅行に行くつもりなんです。だから、お金をためるためにアルバイトは休めません。でも、卒論を提出しなければ卒業できないから、そっちも頑張らなくちゃ。ああ、忙しい！

(4) 高校生です。うちの母は、疲れてくるとイライラして、すぐ怒るんですよ。そういうときにはお手伝いしないとね。今日はテストなの。朝4時まで勉強していたのよ。うーん、眠いけど学校へ行かなくちゃ。

## 25課 練習5　T-67

(1) これから新幹線に乗ります。いつもは電車で東京駅まで行きますが、今日は荷物が多いのでタクシーで行こうと思っていました。でも、

交通事故があって、道路は渋滞しているようです。

(2) この書類は、新しい商品の企画書だ。うちの会社にとって、とても重要な書類だ。ほかの会社の人に見られてはいけない。

(3) 50歳をすぎたら、酒をたくさん飲めなくなりました。若いころは、たくさん飲めたのですが。

(4) トウキョウホテルは東京でいちばん有名なホテルです。私は、去年、トウキョウホテルに泊まりました。

(5) ゆうべは夜中の2時に寝て、今朝は5時に起きた。眠いなあ。

(6) 体重80キロの力士が、130キロの力士に勝った。すごいなあ。

(7) これまでは、結婚したら女性が名字を変えるのが一般的でした。でも、最近は、名字を変えない女性も多いです。

(8) 会社の帰りにスーパーで買い物をして、家で夕飯を作ります。でも、ときどき、友達とレストランで食べます。

(9) 授業中は、携帯電話の電源は切っておきなさい。それはルールですよ。ちゃんと守ってください。

(10) ゆうべ、宿題をしようと思ったら、友達が遊びに来ました。おしゃべりをしていたら、夜中になってしまい、宿題ができませんでした。

(11) きのう飲みすぎたので、朝から胃の調子が悪い。昼ご飯はさっぱりしたものにしよう。あ、今日のスペシャルランチは焼き肉か。

(12) キムさんは、電話で飛行機のチケットを予約しました。確認の電話をしなくてはなりません。今、電話しています。

**26課 練習4**　　T-73

ぜひ、私の国、日本へ来てください。

日本は小さな島国ですが、きれいなところがたくさんあります。富士山、日光、琵琶湖……。そして、古い都、京都、奈良。それに、北海道や九

州の自然もすばらしいですよ。しかも、春夏秋冬で、それぞれ違った美しさがあります。

また、日本には火山が多いので、有名な温泉がたくさんあります。

それから、なんといっても大都市、東京。いろいろな文化や、いちばん新しいものを楽しむことができる街です。

ぜひ、私の国を旅行してください。

**27課 練習6**　　T-79

(例) 沢田：人間は、これまで、エネルギーの多くを石油や石炭に頼ってきた。でも、今のままのペースで石油や石炭を使い続けると、あと数十年でなくなってしまうんだ。

マリナ：え、あと数十年？

(1) マリナ：あと数十年しかないの？

沢田：そう。石油なんて、あと50年以内でなくなってしまうんだって。それに、問題はそれだけじゃないんだよ。石油や石炭を使い続けると、地球温暖化を進めてしまうんだ。

(2) マリナ：温暖化が進むなんて、それは大変。

沢田：今でも世界中でいろいろな災害が起きていて、それは地球温暖化のせいだと言われているよね。

マリナ：何か、石油や石炭以外のエネルギーはないのかしら。

(3) 沢田：日本の政府は、石油や石炭に代わるエネルギーを作りだすために、原子力発電所をどんどん作っているんだ。

マリナ：へえ、そうなんだ。でも、原子力発電にもいろいろ問題があるでしょう。例えば、使用済みの核燃料をどうするかとか……。

(4) マリナ：この前の地震のときにも、原子力発電所に被害が出てたじゃない。放射能漏れも心配だし。

沢　田：そう。でも、原子力の代わりになる
　　　　ようないいエネルギーは、まだ見つ
　　　　かっていないんだ。

マリナ：風力発電は？　それから、太陽光発
　　　　電とか。自然のエネルギーなら安心
　　　　でしょう。

沢　田：うん、そういうクリーンなエネルギー
　　　　が、安く大量にできるようになると
　　　　いいよね。

## 28課 練習3　　T-86

(1) きのうね、サッカーの試合を見に行ったんで
　　　すよ。

(2) すごい人気で、なかなかチケットが手に入ら
　　　ないって言われてたでしょう。

(3) それが、ちょうど、友人が行けなくなったっ
　　　ていうんで、そのチケットをもらったんで
　　　すよ。

(4) ええ、すごくラッキーでしょう。それでスタ
　　　ジアムに行ったんです。

(5) やっぱり、テレビで見るのとは違いますね。

(6) スタジアムの雰囲気は興奮しますよ。テレビ
　　　で見ましたか？

(7) いい試合でしたよね。

## 15課

他幾點左右回來呢？
尊敬語・謙讓語

<會話>

隆打電話給大學的恩師。

隆　：喂，請問是河村老師府上嗎？

河村：是的，這裡是河村家。

隆　：我是森，曾在大學時代受到老師的照顧，請問老師在家嗎？

河村：真不巧，他出門了。

隆　：請問他幾點左右回來呢？

河村：他說他8點會回來。

隆　：那麼，我到時候再打電話過來。

<本課學習重點>

敬語依照社會地位高低（總經理與員工）、年齡、利害關係（店員與客戶）、親近程度（不認識的人或朋友）、內外關係（自己公司的人或其他公司的人）、恩惠關係（老師與學生）的不同，使用方式也會不一樣。尊敬語是以抬舉對方來表達敬意；謙讓語是以貶低自己來表達對對方的尊敬。

1.「です・ます體」與「常體」

2.尊敬語「～れる」、「～られる」

3.尊敬語「お～になる」

4.特殊形式的尊敬語→「召し上がる」、「いらっしゃる」、「おっしゃる」等

5.謙讓語「お～する」

6.特殊形式的謙讓語→「申す」、「参る」、「伺う」等

7.為了表示禮貌，而在名詞前加上「お」和「ご」

【1】你要喝啤酒嗎？／要不要喝啤酒？

—「です・ます體」與「常體」

使用「です・ます體」為禮貌說法。與親近之人

的對話則使用「常體」。

a. 你要去這次的研修旅行嗎？／這次的研修旅行你要不要去？

b. 你看過黑澤的電影了嗎？／有看黑澤的電影嗎？

c. 我們進去那家餐廳吧。／進去那家餐廳吧。

d. 要不要把那個景色拍下來呢？／不拍那個景色嗎？

■約人去看電影。

約翰：這禮拜天有空嗎？要不要去看個電影？

荷西：嗯，好啊，要約在那裡見面？

健一：這部電影好像很好看呢。我們一起去看看好嗎？

良子：好啊，這個星期天如何呢？

【2】您是開車去的嗎

—尊敬語「～れる」「～られる」

a. 您已經讀過今天的早報了嗎？

b. 聽說經理將坐飛機在傍晚抵達。

c. 夫人目前外出中。

d. 聽說總經理不喝酒。

e. 這屆的駐日大使日文說得非常流利。

■暑假收假後，談論中元節回家鄉時的情況。

田中：您中元節回家鄉了嗎？

山田：是啊。

田中：您是開車去的嗎？

山田：是啊。塞車塞得很辛苦。

【3】您已經買過了嗎？

一尊敬語「お～になる」
以委託形式使用時，變成「お～になってくださ
い」。（有時「になって」會被省略）

a. 您買了哪裡的公寓呢？
b. 請在上面寫下您的名字。
c. 那份資料在經理手上。
d. 等您看完這本書後，可以借我嗎？
e. 時間不多了，請您快一點。

■在醫院櫃台交談。
　病患　：我是第一次來看診。麻煩你了。
櫃台人員：好的。請在填完這張表格後，稍等一下。
　病患　：大概要等多久？
櫃台人員：大概要等 10 分鐘。請您坐在那邊。

【4】您要不要喝酒？
一特殊形式的尊敬語
「食べる→召し上がる」「来る・いる→いらっし
ゃる」、「見る→ご覧になる」、「言う→おっしゃ
る」、「する→なさる」等等，將整個動詞改成特
殊形式，表示尊敬。

a. 請用餐。
b. 老師已經來教室了。
c. 您已經看過那部當紅電影了嗎？
d. 雖然您這麼說……
e. 您怎麼了？身體不舒服嗎？

■公司內，經理跟屬下正在交談。
經理：今天的會議是誰的提案？
鈴木：是經理您上個禮拜說的……。
經理：開會的時間，是我預定要外出的時間。
鈴木：咦？經理您不會在嗎？

【5】我送您到車站
一謙讓語「お～する」

a. 我來幫您拿行李吧。
b. 如果您願意的話，我送您到那裡去吧？
c. 我泡杯紅茶給您喝吧？
d. 這本書，我可以借到後天嗎？

■在文化中心櫃台交談。
　惠子　：我想問一下有關俳句講座的事。
櫃台人員：好的，請問是什麼事呢？
　惠子　：可以中途參加嗎？
櫃台人員：是的，沒問題。我現在就拿報名表給
　　　　　您。

【6】4點過後前往拜訪
一特殊形式的謙讓語
「いる→おる」、「いう→申す」、「行く・来る→
参る」、「聞く・訪ねる→伺う」等等，將整個動
詞改成特殊形式，表示謙讓。

a. 明天一整天都會在家。
b. 我叫伊望，來自印尼，請大家多多指教。
c. 啊，那件事我知道。
d. 請務必讓我欣賞山水畫的掛畫。
e. 致上暑期慰問之意。

■與教授交談。
健一：請問，關於論文，我有些事想向您請教。
教授：我現在很忙，下午的課結束後我再聽你說。
健一：那麼，我4點過後前往研究室拜訪。

【7】您還真會做菜呢
一為了表示禮貌，而在名詞前加上「お」和「ご」

a. 吶，幫我打掃啦。
b. 那麼，想請新郎的好友們來為我們致詞。
c. 您中元節送的點心真是好吃極了。
d. 我們將會擇日前去問候這次無法出席的各位。
e. 您要紅豆飯便當還是壽司便當呢？

■留學生正在與出租公寓的房東交談。

房東：蘭先生，您不在的時候，我幫您代收了一
　　　個包裹。

蘭　：謝謝您的幫忙。

房東：還有，喬治先生打了電話過來，他說要您
　　　跟他聯絡。

蘭　：這樣啊，謝謝您。

## 16課

### 聽說她最近要去留學了

聽聞、樣態的表現—そうだ

### <會話>

真由美與隆正在談論一位要出國留學的朋友。

隆　：聽說英文科的野田最近要去留學了。

真由美：去哪裡？

隆　：我聽說是去英國。好像是要去深入研究
　　　莎士比亞。

真由美：嗯。她應該會很努力吧。

隆　：聽說她高中時代還演過英文戲劇「威尼
　　　斯商人」中的波西亞呢。

真由美：從當時就懷抱的夢想終於實現了呢。

### <本課學習重點>

「～そう（だ）」有各種用法。

1. 表示從別人那聽來的事情→聽說她最近要去
　　留學了。

2. 表示從外觀、狀況、別人那聽來的資訊推測
　　出的事→她應該會很努力吧

3. 表示有什麼事快要發生的樣子、狀態→河裡
　　的水快要淹出來了喔

4. イ形容詞＋「そう」→「よい→よさそう」、「悪
　　い→悪そう」、「楽しい→楽しそう」

### 【1】聽說她最近要去留學了

—表示從別人那聽來的事

a. 聽說明天要考試。

b. 聽說昨天梅雨總算停了。

c. 聽說那個人是高中老師。

d. 聽說那間餐廳很好吃。

e. 聽說這個果醬是手工製作的。

■留學生正在學生宿舍的大廳裡交談。

卡爾洛斯：聽說約翰要離開這間宿舍。

戴爾克爾：他要搬去哪裡呢？

卡爾洛斯：聽說是要搬到車站附近的公寓。

卡爾洛斯：聽說哲學老師的課很難呢。

戴爾克爾：大家都這麼說呢。

### 【2】她應該會很努力吧

—表示從外觀、狀況、從別人那聽來的資訊推測
出的事

a. 這個旅行組看起來很方便。（F）

b. 今天晚上好像會下雨。

c. 好像塞車了。

d. 田中見到你好像很開心呢。

e. 這棟公寓應該很貴吧。

■在餐廳前交談。

上田：這家店好像很好吃。

武井：進去看看吧。

上田：可是看起來好像很貴呢。

武井：而且好像已經客滿了，還是到別家店吧。

### 【3】河裡的水快要淹出來了

—表示有什麼事快要發生的樣子、狀態

a. 蛀牙快要掉了。

b. 因為風太強，帽子快要飛走了。

c. 路上結了冰，差點就要滑倒了。

d. 行李太重，繩子都快斷了。

e. 剛才差點就要被石頭絆倒了。

■豪雨、地震後的對話。

島田：昨天的雨下得真大。

惠子：河裡的水都快要淹出來了。


和夫：剛才的地震搖得真厲害。

惠子：牆壁上的鐘都快掉下來了。


## 【4】看起來人很好

―イ形容詞＋「そう」


a. 這附近似乎沒有好吃的餐廳啊。

b. 他好像不會英文。

c. 這部電影好像很可怕。可是，似乎很有趣。

d. 這個皮包，似乎很適合旅行用。

e. 這裡似乎很適合建一座別墅。


「かわいそう」不是「かわいい」＋「そう」。意思完全不同，請注意。


■夫婦正在對話。

惠子：那個玻璃酒杯好像不錯呢。

和夫：嗯，顏色跟形狀都很棒呢。


惠子：真由美的男友看起來人很好。

和夫：可是，他好像很窮。


## 17課

### 颱風好像快要來了

推測的表現


### ＜會話＞

木村跟他的同事佐藤正在談論明天出差的事。

木村：風雨越來越強了呢。

佐藤：颱風好像快要來了。

木村：這種天氣，飛機能飛嗎？

佐藤：好像是按降落地點的天候決定的。

木村：嗯，明天出差時不知道是坐飛機好，還是坐新幹線好，好猶豫啊。

佐藤：坐新幹線好像比較有保障。


### ＜本課學習重點＞

表達推測的用語有「～だろう」、「～ようだ」、「～みたいだ」、「～らしい」、「～そうだ」等等。

1. 以自己的知識或經驗判斷之後，做出推測時使用「～だろう」

2. 「～ようだ」、「～みたいだ」所擁有的2個意思

3. 「～らしい」所擁有的2個意思


## 【1】北海道應該已經很冷了吧

―以自己的知識或經驗判斷之後，做出推測時使用「～だろう」

「～だろう」表示說話者強烈的主觀判斷。與疑問詞（「どうして」「誰か」「なぜ」等）一起使用時，不可以與「～そうだ・～ようだ・～みたいだ・～らしい」替換。「でしょう」為「だろう」的禮貌說法。


a. 這個書架到底該怎麼組裝才好？

b. 這次的選舉，候選人也一樣是小泉先生吧。

c. 今年的員工旅行要去哪裡比較好？

d. 這座寺廟是江戶時代建的吧。


■梅雨時期的對話。

岡田：這個麵包為什麼不會發霉呢？

武井：因為裡面有防腐劑吧。


## 【2】似乎是個女人／跟女人沒兩樣

「～ようだ」「～みたいだ」所擁有的2個意思

「～ようだ」有「好像是」與「從外表看來就好像是……一樣」兩個意思，「～みたいだ」是「～のようだ」的會話形。


a. 隔壁的人好像是老師。／那個人就跟老師沒兩樣。

b. 坐在那個位置上的情侶好像是夫妻。／那兩個
人默契十足，就像是夫妻一樣。

c. 這花似乎是蘭花。／是的，不過，雖然跟真的
沒兩樣，但其實是塑膠製的。

■在餐廳裡的客人正在交談。

鈴木：這壽喜燒的肉好像是日本牛。

山田：不，這裡有寫是用加拿大牛。

武井：聽說這個漢堡肉是大豆做的喔。

上田：真的？簡直跟真正的肉沒兩樣。

## 【３】他實在像個外交官／善於交際的他就像一位外交官

—「～らしい」所擁有的２個意思

「～らしい」有「從外表情報等判斷，再怎麼想
都是……」與「和外表或樣子相符」２個意思。

a. 那個人好像是這孩子的媽媽。／你最近變得穩
重許多，有媽媽的樣子囉。

b. 看來畫這塗鴉的犯人應該就是隔壁的小孩了。
／令郎精力充沛，像個孩子該有的樣子，真好。

c. 那個人雖然總是活力十足、朝氣蓬勃，但其實
他是昭和初年到九年之間出生的喔。／那個人
如此珍惜物資，真符合他們這種在昭和初年到
九年之間出生的人的風範。

■有關大學的對話。

山田：那所大學的校長好像是女性。

鈴木：那還真是稀奇啊。

■有關公務員的對話。

真由美：那個人老是在說表面話，真是個貨真價
實的公務員啊。

隆　：就是說啊。

---

## 18課

### 還是得拿去修理才行

副詞（１）—有許多意思的詞彙

<會話>

上田先生正在公司的影印機前與鈴木小姐對話。

上田：抱歉打擾一下。影印機好像壞了……。

鈴木：讓我看一下吧。

上田：最近它常常故障。

鈴木：果然卡紙了。只要把紙拿出來就好了。

上田：謝謝你。咦？還是怪怪的。

鈴木：還是得拿去修理才行嗎？

<本課學習重點>

**副詞是修飾動詞和形容詞的詞彙。**

１. 有各種意思的「どうも」

２. 除了有「暫時」、「有點」、「非常」的意思之外，
呼喚別人時也會用的「ちょっと」。

３. 有「和所想的一樣」、「果然」、「結果」等意
思的「やはり・やっぱり」

４. 有「十分地」、「出色地」、「總是」、「立即地」
等意思的「よく」

## 【１】どうも

—有其他各種意思

「どうも」是很好用的副詞，除了有「無論如何也」、
「總覺得」等意思外，還有「對不起」、「謝謝」的意思。

a. 多謝。

b. 真是非常抱歉。

c. 啊，你好。午安。

d. 總覺得他沒有把話說清楚。

■與約好要碰面的人見面，正在互相問候。

鈴木：啊，抱歉（對不起）。讓你久等了……。

橋本：不，我也才剛剛到。

鈴木：前些日子真是非常謝謝你。

橋本：我才要謝謝你對我的照顧。

■上司跟部下正在公司交談。

岡田：總覺得最近身體狀況有點差。

山田：去做一次健康檢查吧？

## 【2】ちょっと

一除了有「暫時」、「有點」、「非常」的意思之外，呼喚別人時也會用

「それはちょっと……」有「沒辦法那麼輕易就做到」的含意。

a. 請稍等一下。

b.「這個能修嗎？」「啊，這有點……。」

c.「你要出門嗎。」「嗯，我要去一下那邊。」

d. 不好意思，打擾一下。

■詢問電話號碼。

木村：請問你知道河村先生的電話號碼嗎？

鈴木：我不太清楚。

■街頭問卷調查時。

問卷調查員：不好意思，可以請你回答一下問卷嗎？

路人　　　：啊，現在有點……。

## 【3】やはり（やっぱり）

一有「和所想的一樣」、「果然」、「結果」等意思

a. 他果然有當領袖的資質。

b. 政府的應對果然很慢。

c. 日本車的故障情形果然很少。

d. 會議還是應該在本週進行才好。

e. 這份工作還是交給他處理吧。

■在公司裡，員工們正在聊八卦。

上田：聽說那兩個人要結婚了。

武井：我就知道。

■外國人正在談論日本菜。

蘭　　：說到日本菜，當然是壽司了。

約翰：不，應該是天婦羅吧。

## 【4】よく

一有「十分地」、「出色地」、「總是」、「立即地」等意思

a. 仔細地找過之後，在抽屜的角落找到了。

b. 要充分做好暖身運動再游泳喔。

c. 他常常來這裡玩。

d. 那麼矮小的力士居然能夠贏過橫綱，真不簡單。

e. 居然能滿不在乎地說謊。

■教授與學生正在大學學校裡交談。

中原：老師，不好意思，我睡過頭了。

河村：你真的太常遲到了。

■孫子來家裡玩耍

孫子：爺爺，午安。

祖父：喔，你能一個人從那麼遠的地方過來，真不簡單。

※ 其他的副詞列舉如下。

### 【表示時間與頻率】

· 爸爸總是在五點起床後外出工作。

· 我有時會跟關先生通電話。

· 裕一，你又遲到了。

### 【表示程度】

· 就算東西好吃，吃這麼多，也會吃壞肚子的。

· 廣子，這件禮服很適合妳。

· 我雖然不喜歡酒，但勉強能喝一點。

### 【表示人的狀態】

· 雖然是小學生，卻已經是個舉止端莊的淑女了。

· 踏穩步伐，好好地站起來。

· 發呆的話，小心被腳踏車撞到喔。

· 女兒結婚後，我總算安心了。

## 因為我沒有什麼錢…
副詞（2）—帶有否定含意

### ＜會話＞
惠子正在百貨公司的化妝品賣場與店員對話。
店員：夫人，您真美。肌膚完全不粗糙。
惠子：是嗎？我一點都沒有保養呢。
店員：這樣不行喔。您要不要試試看這個呢？
惠子：是嗎？可是很貴吧？
店員：不會，這樣的品質，這種價格絕對不算貴喔。
惠子：可是現在我沒有什麼錢，所以……。

### ＜本課學習重點＞
學習眾多副詞中，與否定形一同使用的副詞詞彙。
否定的程度也有所不同。
1.意思為「也沒那麼……」的「あまり～ない」
2.意思為「完全不……」「絕對不……」的「決して～ない」
3.意思為「完全不……」的「全然～ない」
4.意思為「一點也不……」的「ちっとも～ない」、
「あまり」、「決して」、「全然」、「ちっとも」之後一定會接否定表現。請多加注意。

### 【1】沒什麼錢
—意思為「也沒那麼……」
否定的程度較弱。

a. 隔了好長一段時間才見到他，卻說不到什麼話。
b. 這邊的路好像沒有很擁擠。
c. 肚子沒有很餓。

■學生們正在交談。
隆：考試考得怎麼樣？
蘭：我考得不太好。

真由美：就算下雨明天也要去看J聯盟吧？

良子 ：如果下雨的話，就不太想去了。

■正在詢問對食物的喜好。
鈴木 ：你喜歡梅干嗎？
戴爾克爾：不，沒有那麼……（不是很喜歡）。

### 【2】絕對不算貴喔
意思為「完全不……」、「絕對不……」
否定的程度較強。

a. 請答應我你絕對不會說謊。
b. 這個房間你絕對不能進去。
c. 明天請絕對不要遲到。

■想要租借房間。
房屋仲介：房租請絕對不要遲交。
客人　　：我知道了。

■拜託別人當保證人之後。
保證人：保證人的文件就這些了吧？
學生　：謝謝，我絕對不會給您添麻煩的。

### 【3】您的肌膚完全不粗糙
—意思為「完全不……」
否定的程度較強。最近也出現並非否定，而是用以強調後接詞彙的用法，如「全然いい」。

a. 他完全都沒變。
b. 我完全不在乎。
c. 因為塞車，所以從剛剛開始就沒有前進半步。

■正在與客戶交談。
木村：聽說您是北海道人，那您應該很會滑雪囉？
山下：我完全不會。

■學生跟老師正在交談。

約翰：難得去了箱根，卻完全不見富士山。

坂本：那還真是可惜了。

## 【4】我一點都沒有保養
—意思為「一點也不……」

否定的程度較強。

a. 最近一點好事都沒有。

b. 工作一點都沒有要做完的樣子。

c. 經理的話一點都不有趣。

■正在公司與同事們交談。

上田：聽說山本先生這次要調職到九州。

武井：耶，我一點都不知道這件事。

鈴木：山田他都練成這樣了，高爾夫球卻一點都
　　　沒有進步。

中村：會不會是因為他不適合打高爾夫球啊。

※其他帶有否定含意的副詞

【否定程度較強的表現】

‧木村先生最近完全不見人影。

‧小寶寶生病了，牛奶連一口都沒喝。

‧沒想到居然會落榜。

‧我連作夢都沒想到居然會在這裡碰到你。

‧很少吃藥。

‧這種事我實在說不出口。

‧應該不會再來這個地方了吧。

‧現在才跟我說這種話也沒用了。

【否定的程度比較弱的表現】

‧連打個招呼都不會，真是個沒禮貌的人。

‧把車停在那裡也沒關係喔。

‧不能籠統地說全是科長的錯。

‧尚未完全開放稻米進口。

‧這顆南瓜怎麼煮都煮不透。

‧電腦這種東西不用費很大的力氣也能學會的。

‧貿易摩擦一事，並不一定全是日本方面的錯。

## 20課

### 杯子鏘一聲摔破了…
副詞（3）—擬音語、擬態語

### ＜會話＞

和夫與惠子正在談昨天的地震。

和夫：昨天的地震好大。突然開始搖晃不止……。

惠子：就是說啊。杯子鏘一聲摔破，畫框也碰地
　　　一聲掉下來……。

和夫：天花板還嘎吱作響。

惠子：我當時嚇壞了，不知道該怎麼辦才好。

和夫：不過，妳不是一個箭步跑去關暖爐了嗎？
　　　真了不起。

惠子：你才是呢。在危急時也不會慌了手腳，可
　　　靠極了。

### ＜本課學習重點＞

表達聲音的副詞為「擬音語」，表達外表給人的
印象或觸感等的副詞為「擬態語」。日文中有許
多的擬音語及擬態語，本課中將按照形式的規則，
學習這兩種副詞。

1. 擬音語→「トントンたたく」「ごろごろ鳴る」
　　　等

2. 擬態語→「パクパク食べる」「じろじろ見る」
　　　等

### 【1】擬音語
—表達聲音

「トントン」與「ドンドン」;「コロコロ」與「ゴ
ロゴロ」中，有濁音的代表聲音較大。

### 【トントン‧ドンドン】

真由美：有人把門敲得咚咚響。

惠子　：是送宅配的吧？

真由美：咦？是不是有人把門敲得碰碰作響啊？

惠子　：一定是爸爸啦，他又忘記帶鑰匙了吧。

【コロコロ・ゴロゴロ】

鈴木：前幾天去兜風的時候突然下起大雨。有小
　　　石頭從懸崖上咕咚咕咚滾了下來。

中村：真是危險啊。

鈴木：之後，雷聲轟然作響，連岩石都喀隆喀隆
　　　地滾下來了。

中村：你居然還能活下來啊。

【ポキっと・ボキっと】

純　：鉛筆芯啪吱一聲折斷了。

弘美：那我這個借給你。

真由美：聽說你在滑雪時受傷了？

良子　：是啊。骨頭啪的一聲就折斷了……。

【下雨的聲音】

約翰：6月常常下雨呢。

坂本：每天都淅瀝淅瀝地下著。

約翰：昨天的雨下得好大。

坂本：一出家門就嘩啦啦地下著，嚇死人了。

【動物的鳴叫聲】

惠子　：好像從哪裡傳來喵喵叫的聲音。

真由美：又有人棄貓了。

和夫：從剛才開始小狗就不停地汪汪叫。

惠子：是小偷嗎？你去看一下。

父親：雞會怎麼叫呢？

小孩：咕咕叫。

父親：那牛呢？

（牛：哞哞、山羊：咩咩、老鼠：吱吱、日本樹鶯：
ho-hokekyo）

※ 擬音語的形式有以下種類。

〔ABAB 型〕

那個班級總是鬧哄哄的，吵死了。

就算我失敗了，也不需要哈哈大笑成那樣吧。

看你喀滋喀滋地吃著仙貝，牙齒真堅固啊。

〔A-A- 型〕

一到傍晚，烏鴉就會嘎嘎叫，叫得好吵。

糟糕！隔壁的房子轟隆隆地燒起來了。

小寶寶像是著了火似地哇哇大哭。

〔ABっ型〕

被兒子聽到我們之間的談話，心臟漏跳一拍。

元旦的時候賀年卡如雪片般飛來。

【2】擬態語

一表達外表給人的印象或觸感等

表達人的動作或狀態、事物的狀態的詞彙，包含
著各種不同的語感。比如說，「ニコニコ笑う」
給人開朗的印象，但「ニヤニヤ笑う」就是笑容
中別有深意的意思。

【人的動作】

和夫：約翰你的日文真流利。

約翰：不，還需要更努力才行。

惠子　：妳這樣大吃大喝可以嗎？妳不是正在減
　　　　肥？

真由美：沒關係啦，減也減不下來，早就放棄了。

行員 A：那個人從剛才就一直在那徘徊，會不會
　　　　是搶銀行的地形勘查啊？

行員 B：怎麼可能。不要一直盯著人家看，沒禮
　　　　貌。

荷西：該怎麼做才能早日駕馭日文？

坂本：請多記多用。

【人的狀態】

坂本：金先生，演講比賽準備已經完成了嗎？

金　：已經完成了，不過我現在心臟怦怦跳。

鈴木：塞得好嚴重。從剛才開始幾乎沒有前進。
山田：這麼焦躁的話，對身體很不好喔。

赤井：咦？你每天都要加班嗎？
鈴木：是啊。我已經精疲力盡了。

鈴木：他怎麼了嗎？一副沮喪的樣子。
赤井：他被女友給甩了……。

【事物的狀態】
島田：車子亮晶晶的呢。
惠子：是啊，因為上面打了蠟。

良子：京都怎麼樣？
湯姆：在寺廟裡，有個頭剃得光溜溜的和尚為我
　　　們解說庭院。

※ 擬態語的形式有以下種類。
〔ABAB 型〕
‧ 看到孩子熟睡的臉龐，吵醒他太可憐了……。
‧ 因為昨天熬夜工作所以精神恍惚。

〔AっBり型〕
‧ 因為睡得很熟，沒有發現聖誕老公公來了。
‧ 他一定是從煙囪偷偷進來的。

〔Aっと型〕
‧ 我以為錢包掉了，大吃一驚。
‧ 不過馬上就找到了，讓我鬆了一口氣。

## 21課

### 你有看過日本電影嗎？
形式名詞（1）─こと

<會話>

健一與琳達正在談論有關電影的事。
健一：琳達妳有看過日本電影嗎？
琳達：有，我特別喜歡黑澤的電影。
健一：這樣啊。我也喜歡黑澤的電影。
琳達：好電影我有時會看個5、6次。
健一：琳達妳真是熱情的電影迷啊。
琳達：是啊，我從學生時代就決定要「一年看
　　　100部電影」。

<本課學習重點>
「こと」、「もの」、「ところ」是有廣泛語意的名詞。
但是，當它們一接到動詞後面，就會脫離本來的意
思，將動詞轉變為名詞子句。像這樣的名詞就稱為
「形式名詞」。「こと」以「～ことになる」、「～こ
とにする」、「～ことにしている」等方式使用。
1.表示「する場合がある」的「V（動詞）的
　　辭書形＋ことがある」→有時會看電影
2.表示過去經驗的「V的た形＋ことがある」
　　→ 以前曾經看過
3.表示命令或指示的「V的辭書形＋こと」→每
　　天都要看報紙
4.「こと」與「の」的替換

【1】我有時會看5、6次
─ 表示「する場合がある」的「V（動詞）的辭
書形＋ことがある」
「Vの辞書形＋こともある」比「ことがある」
的次數更少。

a. 從公司回家時我有時候會順道去書店。
b. 放假的時候我偶爾會去釣魚。
c. 晚餐我有時會到外面吃。
d. 外子有時會幫我做晚餐。
e. 跳盂蘭盆舞時偶爾會穿浴衣。

■談論有關漫畫的事。
隆：在金先生的國家，大人也會看漫畫嗎？
金：會啊。不過不會在電車裡看。

隆：在教日文時會用漫畫來當教材嗎？

金：有時候會。不過漫畫用語有的時候不太好懂。

## 【2】你有看過日本電影嗎？

—表示過去經驗的「Ｖ的た形＋ことがある」

a. 你有吃過壽司嗎？

b. 我從沒去過京都。

c. 我曾在 10 年前爬過富士山。

d. 這本書我之前讀過。

e. 這張照片裡的人我從沒看過。


■正在談論有關初戀的事。

真由美：你有過心上人嗎？

良子　：當然。我的初戀是在小學 5 年級的時候。

真由美：那你有收到過情書嗎？

良子　：我第一次收到情書是在小學 1 年級的時
　　　　候。


## 【3】我決定要「一年看 100 部電影」

—表示命令或指示的「Ｖ的辭書形＋こと」


a. 過斑馬線時要注意車子。

b. 吃飯之前要洗手。

c. 不要進入草坪。

d. 在這房間裡不可吸煙。

e. 不可穿著拖鞋或浴衣到大廳。


■新婚家庭中的對話

陽子：棉被要自己摺。吃飯時不可以看報紙。抽
　　　菸要到陽台抽。

真一：我知道了。

陽子：還有，每天都要說「我愛你」。

真一：這就有點……。


## 【4】聽說走路有益健康喔

—「こと」與「の」的替換

「こと」有將動詞名詞化的效用，常常會用「の」
代替。

a. 我的樂趣只有吃與睡。

b. 在日本很難買到西班牙文的報紙。

c. 附和不一定代表同意。


■家人之間正在討論美容與健康。

真由美：媽，吃宵夜對美容有害喔。

惠子　：可是我肚子餓嘛。


惠子：聽說走路有益健康喔。

和夫：那就不要搭公車，用走的到車站吧。


「の」與「こと」無法替換的情況

【「聞こえる、聞く、見える、見る」等知覺動詞】

・我看到你出現在電視上。

・我可以聽到遠處的雷鳴。


■朋友之間的對話。

上田：昨天我看到你跟一個很棒的男生走在一起。

武井：那是我弟啦。


■夫妻的對話。

和夫：剛才隔壁房間好像有什麼聲音，你有聽到
　　　吧？

惠子：沒有。是你的錯覺吧。


【強調名詞子句的意思的情況】

・下課時間是 4 點。（cf.4 點的時候下課）

・包裹到貨是後天。（cf. 後天包裹會到）


■主婦之間的對話。

惠子：9 點去百貨公司買東西吧。

島田：百貨公司開門時間是 10 點喔。


## 22課

**因為天氣還很好**

形式名詞（2）─もの

<會話>
媳婦涼子正在與婆婆對話。
婆婆：涼子，米洗好後，等個 30 分鐘再拿去煮。
涼子：這樣啊。
婆婆：還有，妳怎麼把棉被曬著就出門了呢。棉
　　　被都被午後雷陣雨弄得溼透了。
涼子：對不起，因為我出去買東西的時候，天氣
　　　還很好…
婆婆：我年輕的時候，絕不會犯下這種錯誤。
涼子：從今以後我會小心的。（真是的，嘮叨個
　　　沒完啊……）

<本課學習重點>：
「もの」有以下用法。
1. 表現「當然應該要……／……是理所當然的」
　　的「V（動詞）的辭書形＋もの」→晚上就
　　應該睡覺
2. 表現過去習慣與經驗的「V 的た形＋もの」
　　→年輕時常常登山
3. 表現說話者深刻感慨的「V 的辭書形・た形・
　　ない形＋もの」→你這樣工作，居然還不會
　　生病啊
4. 辯解時的表達方式「V 的た形＋ものですか
　　ら」→因為塞車……
「もん（だ・です）」是「もの（だ・です）」的
會話形。在比較不正式的會話中使用。

【1】等個 30 分鐘再拿去煮
─「V 辭書形＋もの」是表示「當然應該要……
／……是理所當然的」

a. 穿浴衣應該要配木屐。
b. 甜點應該要飯後吃。
c. 要進日本人的家之前，應該要先脫鞋。
d. 跟老師說話的時候，應該要使用敬語。
e. 在電影院裡應該要關掉手機的電源。

■夫妻的對話。
真一：現在男人也得幫忙做家事跟帶孩子，真累
　　　人啊。
陽子：做家事跟帶孩子應該是兩個人的事喔。

真一：喂，義大利麵煮好囉。
陽子：等一下。
真一：快點過來。義大利麵就是要吃剛煮好的。

【2】絕不會犯下這種錯誤
─表現過去習慣與經驗的「V 的た形＋もの」
經常以「よく～もの（だ・です）」的形式使用。

a. 過去的小孩子經常幫忙做家事。
b. 年輕時常常打網球跟滑雪。
c. 以前沒有這麼多人上大學。
d. 我小時候，沒有這麼常在外用餐喔。

■夫妻的對話。兩人正在回憶過往。
和夫：現在很多電影都可以用 DVD 看了。
惠子：以前我們常常兩個人去看首映會呢。

和夫：我們剛結婚的時候，妳常常會幫我擦鞋子
　　　呢。
惠子：那時候，你也常常對我說「我喜歡妳」啊。

【3】嘮叨個沒完
─表示說話者的深刻感慨「V 的辭書形・た形・
ない形＋もの」
常以「よく～もの（だ・です）」的方式使用。
有時也表示無法置信的心情。

a. 一個小學生居然能一個人去北海道啊。
b. 你居然能說出那麼過分的話啊。
c. 居然能把這麼重的石頭抬起來啊。
d. 大學生的時候就通過司法考試，你還真努力
　　啊。

■大學生之間的對話

宏　：昨天的足球比賽，我以為絕對輸定了呢。

健一：居然能從５：０反敗為勝啊。


健一：小野那傢伙，又讓大家笑成一團了。

宏　：他居然能連珠砲似地說出這麼多笑話啊。


## 【4】因為天氣還很好

—表達辯解「Ｖのた形＋ものですから」


【遲到的藉口】

a. 因為我走錯路了……。

b. 因為等不到公車……。

c. 因為有急事……。


【拒絕招待的藉口】

d. 最近身體有點不舒服……。

e. 因為我跟別人有約……。


■忘記做作業的學生，正向老師辯解。

老師：你又忘記寫作業了。

蘭　：因為我打工到深夜。


■以藉口拒絕別人的邀請。

中村：可以一起跳支舞嗎？

上田：那個，我不太會跳舞……。


## 23課

**現在剛影印好**

形式名詞（3）—ところ


### ＜會話＞

齊藤經理與武井正在談明天會議的事。

經理：明天會議的資料已經完成了嗎？

武井：是的，現在剛影印好。

經理：這樣啊，對了，聽田中說，上田正在整理
　　　銷售量的報告對吧？

武井：不，我想他現在才要開始整理。

經理：現在才要開始嗎？跟他說要趕在會議前弄
　　　好。

武井：是，我會轉達給他。


### ＜本課學習重點＞

「ところ」本來是表示「地點」的用語，接在動詞（Ｖ）之後，表示這個動作或行動的階段。依照Ｖ是「辭書形」、「ている形」還是「た形」，所表現的階段也不相同。

1. 表示此動作或做此行動前「Ｖ辭書形＋とこ
　　ろ」→要切蛋糕
2. 表示正在做此動作或此行動「Ｖ的ている形
　　＋ところ」→正在切蛋糕
3. 表示這個動作或行動剛做完「Ｖ的た形＋と
　　ころ」→剛切完蛋糕
4. 表示知識或資訊的出處（是從何處傳出的）「～
　　ところによると」、「～ところでは」→聽天
　　氣預報說，明天會是雨天


## 【1】我想他現在才要開始整理

—表示此動作或做此行動前「Ｖ的辭書形＋ところ」


a. 要開始切蛋糕了。

b. 要去丟垃圾了。

c. 要打開禮物了。

d. 現在正好要去你們那裡。

e. 這本推理小說我現在才要開始讀，不要跟我說
　　結局喔。


■在公司，經理和下屬正在交談。

經理：鈴木，借一步說話

鈴木：不好意思，我正好要外出。


鈴木：經理，剛才的報告您看過了嗎？

經理：還沒，我正要開始看。

## 【2】聽說上田正在整理

一表示正在做此動作或此行動「Ｖ的ている形＋ところ」

a. 現在正在切蛋糕。

b. 現在正在確認參加者的人數。

c. 現在正在做問卷調查。

d. 我在睡得正好的時候被叫起來了。

e. 現在日本正對國際貢獻一事進行討論。

■家庭早晨的一景，母親和兒子、女兒正在交談。

惠子　：差不多該出門了，不然會遲到喔。

健一　：我現在正在換西裝。

真由美：怎麼了嗎？這麼熱還穿西裝。

健一　：我現在正在找工作。

## 【3】現在剛影印好

一表示這個動作或行動剛做完「Ｖ的た形＋ところ」

a. 現在切完蛋糕了。

b. 會議剛剛才開始。

c. 現在正好泡了茶。

d. 剛剛才去過公司說明會。

e. 停戰協議成立，剛進入和平談判階段。

■公司中，工作結束後員工們正在交談。

上田：您要不要一起吃晚餐？

武井：好啊。剛好我的工作也告一個段落。

上田：也約山本一起去吧。

武井：嗯，我也是這麼想的，剛剛才打了通電話給他。

## 【4】聽田中説

一表示知識或資訊的出處（是從何處傳出的）「～ところによると」、「～ところでは」

a. 查了字典後，沒有找到這個翻譯。

b. 我看報紙上説Ａ國發生了空難。

c. 依照厚生勞動省發表的結果，有很多管理階層想要換工作。

d. 根據調查的結果，這附近不太適合渡假區的建設。

e. 看 CNN 的報導，聯合國部隊似乎要出動了。

■夫妻正在談論新車站的事。

和夫：新車站好像建好了。

惠子：聽說可以直接坐到銀座呢。

和夫：我看報紙上說，5 年後會建車站大樓。

惠子：那這裡也會變得很方便了呢。

# 24課

## 所以我現在正在煩惱

形式名詞（4）—わけ

### ＜會話＞

木村正在跟他的屬下山田談有關調職的事。

木村：聽說你拒絕了調職到越南的事啊。

山田：我並不是拒絕。其實是內人懷孕了……

木村：這樣你會不想調職也是當然的。

山田：而且，我在國內還有很多想做的工作……。

木村：可是，要是轉職命令正式下達的話，你也沒辦法拒絕吧？

山田：所以，我現在正在煩惱該怎麼辦才好。

### ＜本課學習重點＞

形式名詞「わけ」是以「～というわけだ」、「～わけだ」、「～わけではない」、「～わけにはいかない」等形式來使用。

1. 表示到達這種結果的前因後果「～というわけだ」→雖然被雙親反對，但總算是走到結婚這一步了

2. 表示情況會變這樣是理所當然的意思「～わけだ」→當然會好吃

3. 比「～ではない」還要弱的否定「～わけで

「はない」→我並不是討厭

4. 表示因為有某種理由所以做不到「～わけにはいかない」→這種條件我不會同意的

## 【1】所以，我現在正在煩惱

—表示到達這種結果的前因後果「～というわけだ」

a. 這本書是每個月連載的專欄集結而成的。

b. 所以朋友在不知不覺中，就成為夫妻了是吧？

c. 因為我在學習日文的時候，就決定無論如何都要到日本去了。

d. 因為拒絕不了，只好接下這份工作。

■正在談論選擇目前工作的理由。

笠原：我從大學時代就開始做口譯的打工……。

上田：因此之後口譯就成為你的本職了對吧。

鳥井：我從小就想要做可以到國外的工作。

上田：所以你才會成為國際線的空服員對吧。

## 【2】這樣當然會不想做了

—表示情況會變這樣是理所當然的意思「～わけだ」

常用「～はずだ」替換。

a. 那個人是僑生，所以英文會這麼好是理所當然的。

b. 這家餐廳的主廚曾在法國習藝，當然好吃了。

c. 沒吃中餐，當然會肚子餓了。

d. 天色會這麼亮是當然的，都已經十點了。

e. 空調的溫度設定在 18 度，當然會冷囉。

■在下班回家時的對話。

鈴木：中村先生總是遲到。

山田：所以他升官會升得這麼慢也是有道理的。

鈴木：地價又上漲了。

山田：永遠都買不起獨棟住宅也是當然的事。

## 【3】我並不是拒絕

—比「～ではない」還要弱的否定「～わけではない」

有不置可否的含意。

a. 我並非不能喝酒。

b. 我並不是討厭你。

c. 我並不是去見他。

d. 我並不是真的想做這份工作。

e. 這不是友情巧克力喔。

■飛機中，乘客正在對話。

鈴木　：飛機餐有素食的嗎？

空服員：真的很抱歉。並不是沒有，只是已經全部發完了。

上田　：您不吃肉的嗎？

鈴木　：我並不是素食者，只是……。

## 【4】也無法拒絕吧？

—表示因為有某種理由所以做不到「～わけにはいかない」

有「不該……」的意思。

a. 因為大家都贊成，我總不能一個人反對。

b. 你已經喝了酒，不能開車喔。

c. 我已經跟別人有約，無法推辭，所以……。

d. 女朋友做的料理不能不吃。

■家中，妻子正在跟丈夫對話。

惠子：至少結婚紀念日也該早點回來吧……。

和夫：大家都在加班，我總不能一個人早回家吧。

惠子：中元賀禮要送這麼多人啊？

和夫：嗯。總不能不送吧。

## 25課

要更努力一點比較好

形式名詞（5）─ほう

<會話>
約翰與坂本老師正在談日本語能力試驗的事。

坂本：功課有進步嗎？

約翰：是的，雖然進步不多……

坂本：你是「文法」比較弱還是「聽解」比較弱呢？

約翰：我是「聽解」比較弱。

坂本：為了通過1級試驗，你要更努力一點比較好。

約翰：是，我會加油的。

<本課學習重點>
「ほう」本來是表示「方面、方向」的詞彙，當作形式名詞使用時，用法如下所示。

1. 表示範圍的「ほう」→運動方面完全不行。

2. 表示比較的「ほう」→比起這件衣服，那件衣服比較高貴。

3. 表達建議「Ｖ（動詞）的た形＋ほうがいい」→那種公司，辭掉比較好。

【1】功課有進步嗎？
─表示範圍或領域的「ほう」

a. 在橫濱有分公司。

b. 我文科很拿手，但理科實在是……。

c. 我的專業雖是法學，但是屬於偏經濟方面的。

d. 工作還順利嗎？

e. 我想請你幫忙修理……。

■正在談論有關運動方面的事。

健一：你在運動方面還算拿手嗎？

宏　：我很會跑步，但游泳就不拿手了。

健一：運動我都是用欣賞的，要我做我就不行了。

宏　：就算不拿手，也很好玩喔。

【2】我是「聽解」比較弱
─表示比較的「ほう」

不只名詞，還可以用Ｖ的辭書形、形容詞。

a. 和式房間比西式要令人放鬆。

b. 開車去果然比搭電車去要輕鬆多了。

c. 「大能兼小」，所以大比小還要好不是嗎？

d. 這裡要掛東西的話，我想掛油畫比較合適。

e. 我覺得鰻魚比天婦羅好吃。

■在房屋仲介公司裡，客人與店員正在交談。

客人　：這間公寓日照很差呢。

房屋仲介：不，在東京，這已經算日照很好的了。

房屋仲介：那棟高級公寓怎麼樣？

客人　：那個是不錯啦，不過房租太貴了。

【3】要更努力一點比較好
─表達建議「Ｖ的た形＋ほうがいい」

也可以用於否定形。否定形時用「～ないほうがいい」的句型。

a. 買台傳真機比較好吧？

b. 帶傘比較好吧？

c. 不要做激烈的運動比較好吧？

d. 看來這次的派對停辦比較好。

e. 今天已經很晚了，我看工作就先到此為止比較好。

■就約會的事請人提供意見。

琳達：宏先生約我去兜風……。

良子：如果不想去的話，就跟他說清楚比較好喔。

琳達：可是，在日本，拒絕時不要拒絕得太乾脆比較好不是嗎？

良子：是這樣沒錯，但這種情況清楚拒絕比較好喔。

## 26課

**先到首爾，再去曼谷**

接續詞、接續句（1）─ 順接

<　會話　>

上田正與旅行公司業務專員交談。

業務專員：您想要去什麼樣的地方呢？

上田　：我想去海很美，而且食物也好吃的地方。

業務專員：那麼，泰國行您覺得如何？海與天空都很藍，食物也很好吃喔。此外還有泰絲等名產，可以享受購物的樂趣。而且此行程目前九五折優惠中。

上田　：真不錯。飛機是直飛的嗎？

業務專員：不，會先到首爾，再去曼谷。

<　本課學習重點　>

連接句子與句子的詞彙稱為「接續詞」，接續詞有各種種類。其中，為前句再追加後句的接續詞，稱為「順接」接續詞。有「そして」、「そうして」、「かつ」、「～上に」、「さらに」、「なお」等，本課中將介紹以下 4 種。

1. 陸續追加的接續詞「それから」
2. 意思是「而且」，追加用的接續詞「その上」
3. 追加同等事物的接續詞「それに」
4. 為前述事項再追加另一事項的接續詞「しかも」

【 1 】先去首爾，再去曼谷

一陸續追加的接續詞

a. 先以啤酒乾杯，再來吃飯吧。

b. 首先在麵粉裡加水調和，然後再打入兩顆蛋。

c. 能不能先由你來說明呢。之後我再追加說明。

d. 新郎新娘立誓後，再交換戒指。

■約會的邀請。

健一：請問，這個星期天有空嗎？

良子：嗯，我沒有什麼特別的行程。

健一：那我們去看電影，然後去吃頓飯怎麼樣？我知道一間很好吃的印度菜餐廳喔。

【 2 】還可以享受購物的樂趣

一追加用的接續詞，意思是「而且」

a. 她很會唱歌，而且還會彈鋼琴。

b. 長野那邊的別墅有好喝的水，而且還能賞鳥。

c. 聽說他法文流利，還會說韓文。

d. 他是公司高層，還身兼 NPO 法人的代表。

■在房屋仲介公司裡交談。

房屋仲介：這個公寓可是難得一見的好物件，從車站走路只要 5 分鐘，不需禮金。而且連空調都有。

客人　：那我要這間。

【 3 】而且食物也好吃的地方就很不錯

一 追加同等事物的接續詞

a. 他很溫柔，而且頭腦也很好。

b. 記得要買蛋糕、起司，還有紅酒回來喔。

c. 有溫泉又能滑雪的地方就很不錯……。

d. 我不想住東京，因為物價高，綠意也少。

■正在談論有關餐廳的事。

鈴木：車站附近的餐廳怎麼樣？

木村：便宜又好吃，而且氣氛也很好。

鈴木：要不要去吃看看車站附近的餐廳？

山田：今天就不要了吧。我好累而且也沒有錢。下次吧。

【 4 】而且目前九五折優惠中

一為前述事項再加入另一事項的接續詞

a. 那位老師教學內容很深，而且清楚易懂。

b. 我的女友在一流公司上班，而且個性也很溫柔。

c. 那位歌手歌聲好聽，而且還會作曲。

d. 沖繩的大海有美麗的珊瑚礁，而且熱帶魚種類也很多喔。

■建議別人去相親。

岡田：要不要見見這個人啊？他在一流公司工
　　　作，而且個性也很溫柔喔。

赤井：我想暫時專心在工作上……。


## 27課

**是這樣沒錯啦…**

接續詞、接續句（2）─ 逆接等

### ＜會話＞

從國外調回來的野上，正在抱怨自己家的事。

野上：房間太窄了，真傷腦筋。

木村：可是，交通很方便，又很安靜，四周環境
　　　很不錯不是嗎？

野上：但是，連讓客人住的地方都沒有。

木村：不過，這不是只有你家才這樣喔。

野上：是這樣沒錯啦，可是我實在受不了狹窄的
　　　空間。

木村：這樣啊，一定是因為你過慣了國外舒適的
　　　生活吧。

### ＜本課學習重點＞

逆接的接續詞，是接續與前句提到的事物相反的事
項。有「だけど」、「けれども」、「ところが」、「に
もかかわらず」、「それにしても」、「くせに」、「と
いって」、「それなのに」等。本課介紹下列4種。

1. 在書寫時常使用的「しかし」。口語中用「で
　すが」、「でも」

2. 口語中常使用的「ですが」。在前面的文體是
　以「です」、「ます」結束的禮貌用語時使用

3. 口語中常使用的「でも」。在說話對象很親近
　或年紀較自己輕時使用

4. 口語中常使用的「ですけど」。「～だけど」「～
　ですけど」是依照文體不同來使用

### 【1】可是，交通很方便……

─在書寫時常使用

口語中常用「ですが」、「でも」。

a. 地震停水後，給水車馬上就來了。但是，瓦斯
　與電力的恢復還遙遙無期。

b. 日本人覺得戰爭責任問題已經解決。但中國與
　韓國的人卻不這麼認為。


■正在談論有關核能發電的事。

河野：基於以上各點，我贊成核電廠的建設。

村山：可是，這個論點的前提是錯的喔。


■正在談論有關和室的事。

健一：榻榻米的房間是很方便的喔。可以當餐廳、
　　　客廳，也可以當臥房……。

蘭　：可是，腳不會痛嗎？

### 【2】但是，連讓客人住的地方都沒有

─口語中常使用

在前面的文體是以「です」、「ます」結束的禮貌
語時使用。

a. 水俣病普遍被當成是過去的事。但是，水俣病
　的官司還沒有結束喔。

b. 校規規定襯衫一定要穿白色的。但是也稍微給
　我們一點自由吧。


■公司中，同事們正在對話。

鈴木：請你也留下來加班。

中村：可是，我很重視家庭，所以……。


鈴木：新年休假還特地跑到外國去，很貴耶……。

中村：是這樣沒錯啦，可是我也只有這時候才有
　　　休假啊。

### 【3】不過，這不是只有你家才這樣喔

─口語中常使用

在說話對象很親近或年紀較自己輕時使用。

a. 總經理老愛長篇大論，真傷腦筋。不過員工們都說很有趣。

b. 聽說這家店的蛋包飯很好吃，但是我因為會過敏，沒辦法吃蛋。

■正在學校的圖書館交談。

隆　：這個報告期限到明天，今天就先回去吧。

真由美：可是明天要考試，我還是寫完再回去。

■在公司裡正在談論午休的事。

鈴木：聽說今天中午科長要請客。

山田：可是跟科長吃飯，總是吃那邊的蕎麥麵店……。

【4】是這樣沒錯啦，可是我實在受不了狹窄的空間

—口語中常使用

「～だけど」、「～ですけど」是依照文體不同來使用。

a. 最近從外國進口了大量的便宜蔬菜。但是，要是依賴進口，發生不測的時候可就麻煩了。

b. 我知道在停車場遊玩很危險。但是孩子們沒有遊玩的地方，我也沒有辦法啊。

■在家中，媽媽正對大學生的兒子說話。

惠子：你要穿這樣去學校？

健一：可是，大家都穿這樣啊。

■正在尋找派對的會場。

佐藤：出版紀念派對就辦在東京飯店怎麼樣？

木村：可是，那裡離車站有點遠。

※ 其他的例子

【逆接、對立】

前文與後文在敘述相反的事，或是處於對立關係。

・風景是很漂亮，但是太冷了……。

・您雖然這麼說，但我實在難以贊同。

・花了很多功夫想說服他，但還是沒辦法讓他答應。

・可是，日本的門票賣得很貴，連音樂會都沒什麼辦法去聽了。

・但，他在那之後就完全不見人影。

・看到這麼多的來賓不遠千里而來，實在令我感謝萬分。

・不過，這本書會不會太貴了啊。

・老愛命令別人，自己卻什麼都不做。

・雖然有憲法第 9 條的限制，但不代表沒有軍隊。

【話題的提示、話題的開場白】

換話題時，或放在自己想說的事項前使用。

・但是，他很強壯。

・但是，最近天氣突然變冷了。

・雖然很窄，請當做自己家。

・敝姓中村，請問山田先生在嗎？

・我想去留學，可是要去哪間大學才好呢？

・昨天我買的毛衣，可以退換嗎？

【欲言又止】

日文中，讓對方察覺自己是表達拒絕或委託之意時，使用「欲言又止的表現」，這樣會比全部說出來還要含蓄有禮貌。

・那個，我覺得有點冷……（可不可以把窗戶關起來呢？）

・我有事想跟老師商量……（可以嗎？）

・我想把下次的會議時間排到禮拜三……（您可以配合嗎？）

・對不起。這輛車廂禁菸……（請不要在這裡吸菸。）

・那個，這把傘是我的……（你是不是拿錯了？）

・我想調職到東京……（可是很難調職）

## 28課

**那個，我有點事想請問一下……**

感嘆詞

<會話>

瑪莉娜正在詢問銀行的櫃台。

瑪莉娜：那個，我有點事想請問一下……。

行員　：是的。請問有什麼事？

瑪莉娜：嗯，這間銀行可以把美金兌換成日幣
　　　　嗎？

行員　：是，當然可以兌換。

瑪莉娜：我有現在 1,500 美金的旅遊支票，與現
　　　　金 600 美金……。

行員　：是的。

瑪莉娜：嗯，如果用現在的匯率兌換的話是多少
　　　　錢呢？

行員　：1 美元可兌換 120 日圓，所以是 25 萬
　　　　2,000 日圓。

<本課學習重點>

表達感動或應答（呼喚、回答）的詞彙稱為感嘆
詞。感嘆詞可以讓對話流暢又自然。感嘆詞有以
下種類。

1. 開啟話題時→那個，我想試穿這件

2. 回應呼喚時→はい、そうです／いいえ、違
   います／うん。そう／ううん、違う

3. 附和的時候，讓對話流暢進行。→はい／え
   え

4. 在話語之間使用，沒有特別意義的詞彙→え
   えと／そのう

5. 表示驚訝、感動等→えっ／本当？／あら

【 1 】那個／嗯／等一下／不好意思／吶
一開啟話題時使用

a. 那個，我明天想要請假……。

b. 吶，剛才我拜託的事，幫我辦好了嗎？

c. 不好意思，這條領帶是多少錢？

d. 嗯，我訂購的產品還沒有到，請問現在情況如
   何？

e. 請等一下。這個位子剛才是我坐的……。

■問路。

路人：那個，請問橫濱車站怎麼走？

健一：嗯…在那座百貨公司的地方右轉，馬上就
　　　到了。

■找東西。

健一：吶，你有在這附近看到我的筆記本嗎？

宏　：不，我沒看到。

【 2 】不／是／嗯／嗯（否定）／是
一回應呼喚時使用

a.「不好意思，我想請問一下……」「是的，有什
　 麼事嗎？」

b.「今晚要不要去喝一杯？」「嗯，好啊。」

c.「點名，米利安。」「有！」

d.「要不要一起吃晚餐？」「不，抱歉，今天我要
　 在家吃飯……。」

e.「你還好嗎？」「是，託您的福。」

■大學中，學生們正在對話。

宏　：明天的聚餐，要去嗎？

健一：嗯，當然。

健一　：聽說你是從蒙古來的留學生。下次可
　　　　以請你教我蒙古的問候語嗎？

戴爾克爾：嗯，可以啊。

【 3 】喔／原來如此／是
一附和的時候使用，讓對話流暢進行。

a.「本公司的座右銘是『有益於地球』。」「這樣啊。」
　「為了不破壞自然生態環境。」「是。」
　「採伐木材的同時，也會進行植林。」

b.「要領獎學金呢。」「是的。」
　「需要先開銀行帳戶。」「是。」
　「要開帳戶，需要印章。」「這樣啊。我明白了。」

c.「昨天，我去看美術展。」「嗯。」

「進去之前居然排了兩個小時。」「嗯一」
「進去之後，也只看得到人的頭。」「喔一」
「所以我才十分鐘就出來了。」

■正在談論日文中的附和。
木村：所謂的附和，在某種意義上，象徵著日本
　　　社會的樣貌……。
約翰：喔，這樣嗎？
木村：就算不是完全贊成對方的說法……。
約翰：是。
木村：不管怎樣，都必須表現出有在聽對方說話
　　　的信號。
約翰：原來如此。

## 【4】嗯／嗯…／呃～
一在話語之間使用，沒有特別意義的詞彙

a.今天，呃～是大好日子，真的非常恭喜兩位。
b.關於那間公司，呃～有傳聞說已經快要破產
　了……。
c.高度成長的結束，嗯……是在 1973 的石油危
　機，所以……。
d.給他的禮物，嗯…該送什麼才好呢？
e.真的非常對不起，那個，這件事可不可以就此
　一筆勾消呢？

■電視節目的訪問中，播報員正在問問題。
播報員：您對這次的政權交替有什麼看法呢？
路人　：這個嘛，嗯，雖然我不太清楚會有什麼
　　　　變化，嗯……不過應該不會比之前還要
　　　　糟糕了吧。

## 【5】太好了／哎呀／呀／真的嗎
一表示驚訝、感動、疑問時使用

a.咦？居然會有這麼不可思議的事。
b.哇，好棒的禮物，謝謝。
c.咦，伊藤要當分店長嗎？

d.真的？我一點都不知道。
e.不會吧，真不敢相信！
f.耶～總算結束了。

■正在看大學榜單。
一郎：太棒了，上榜了！
智子：咦，你上榜了？真不敢相信！
一郎：咦，沒有多田的名字。
智子：嗯～？他在補習班的時候成績都是最好的
　　　呢。

## 著者紹介

### 佐々木 瑞枝 （ささき みずえ）

武蔵野大学・大学院教授。アメリカンスクール、外国人記者クラブ、各国大使館など、さまざまな機関で20年以上にわたり日本語教育に従事し、山口大学教授、横浜国立大学教授を経て現職。『大学で学ぶためのアカデミック・ジャパニーズ』『大学で学ぶための日本語ライティング』『日本語パワーアップ総合問題集』シリーズ、『日本留学試験実戦問題集』シリーズ（以上、ジャパンタイムズ）、『生きた日本語を教えるくふう』（小学館）、『日本語ってどんな言葉？』（筑摩書房）、『外国語としての日本語』（講談社現代新書）、『男と女の日本語辞典』（東京堂出版）、『日本事情〈第2版〉』（北星堂書店）、『日本語表現ハンドブックシリーズ(1)～(10)』（監修）、『日本事情入門』（以上アルク）など、著書多数。
ホームページ　http://www.nihongonosekai.com/

### 門倉 正美 （かどくら まさみ）

横浜国立大学教授。東北大学大学院でヘーゲル哲学を学んだ後、山口大学教養部で哲学・論理学を教える。1993年から日本語教育に携わり、近年はアカデミック・ジャパニーズ、メディア・リテラシーに関心をもっている。著書に、『日本留学試験実戦問題集〈読解〉』（共著、ジャパンタイムズ）、『アカデミック・ジャパニーズの挑戦』（共編著、ひつじ書房）、『変貌する言語教育』（共編著、くろしお出版）など。

新式樣裝訂專利 請勿仿冒
專利號碼 M249906 號

本書原名—「会話のにほんご 改訂新版」

# 会話日本語II 改訂新版 （附有聲 CD 1 片）

2011 年（民 100）2 月 1 日 第 1 版 第 1 刷 發行

定價 新台幣：380 元整

| | | |
|---|---|---|
| 著　　者 | 佐々木瑞枝・門倉正美 | |
| 授　　權 | 株式会社ジャパンタイムズ | |
| 發 行 人 | 林　　寶 | |
| 總　　編 | 李 隆 博 | |
| 責任編輯 | 藤岡みつ子 | |
| 封面設計 | 詹 政 峰 | |
| 發 行 所 | 大新書局 | |
| 地　　址 | 台北市大安區 (106) 瑞安街 256 巷 16 號 | |
| 電　　話 | (02)2707-3232・2707-3838・2755-2468 | |
| 傳　　真 | (02)2701-1633・ 郵 政 劃 撥：00173901 | |
| 登 記 證 | 行 政 院 新 聞 局 局 版 台 業 字 第 0869 號 | |

| | |
|---|---|
| 香港地區 | 香港聯合書刊物流有限公司 |
| 地　　址 | 香港新界大埔汀麗路 36 號 中華商務印刷大廈 3 字樓 |
| 電　　話 | (852)2150-2100 |
| 傳　　真 | (852)2810-4201 |

KAIWA NO NIHONGO
Copyright© 2007 by Mizue SASAKI and Masami KADOKURA
First published in 2007 in Japan by The Japan Times, Ltd. Traditional Chinese translation rights arranged
with The Japan Times, Ltd. through Japan Foreign-Rights Centre/Bardon-Chinese Media Agency
「会話日本語II 改訂新版」由 株式会社ジャパンタイムズ 授權在台灣、香港、澳門、新加坡地區印行銷售。
任何盜印版本，即屬違法。著作權所有，翻印必究。ISBN 978-986-6132-09-4 (B219)